初恋調教

プロローグ

――今でも、時々夢に見る。

あれは、私、梨本音々《なしもとねね》が大学四年生の頃のこと。


「別れてほしいの」

告白をしたのは私からだった。

高校一年生で初めて会った時に一目惚れした、一つ上の男の子。

ずっと見ていることしかできなくて、彼が医学部に合格したのを機にダメ元で告白した。

彼は私の気持ちにはとっくに気づいていて、その時はさらりと流されたっけ……

のらりくらりとかわされながらも、ゆっくりと時間をかけて関係が続いて、いつしか私たちは付き合うようになった。

それなのに……いまだ大好きな人なのに、私はこうして電話で別れ話を切り出している。

「婚約者が海外転勤になったから、結婚してついてきてほしいって言われたの。明樹《はるき》くんが卒業するのはまだ先だし、研修医になったら忙しくて結婚どころじゃないよね。奨学金の返済もあって経済的に落ち着くまで時間もかかるんでしょう？　私、貧乏は嫌だし、そこまで待てないから」

余計なことまで口にしちゃった気がしたけれど、とにかく彼に怪しまれないようにするのに必死だった。

会って別れ話なんかできなかった。

だから電話で済ませようと思った。

声が震えないように、嘘だってバレないように、余計な追及されないように。

鼻をすすると泣いているのがバレそうだから、鼻水が垂れていくのも我慢した。

『そうか……』

電話の向こうで呟いた彼の声は、こんな時でも相変わらず落ち着いている。いきなりの別れ話でも一切動じない。

ううん、忙しい中いきなり電話してきて内容がこんなので、内心呆れているのかもしれない。

『まあ、君の言う通り大学を卒業したからって僕はすぐには結婚できない。君の望みは叶えてあげられないと思う。君が向こうを選ぶなら僕は身を引くよ』

予想以上にあっさりと、彼は私からの別れ話を受け入れた。

それどころか、お嬢様育ちの私に婚約者もどきの相手がいることにさえ、気づいていたみたいだ。

もし問い詰められたらどうしようと思っていたのに必要なかったよ……

「じゃ、じゃあ、さようなら」

吐きそうなほど緊張して気合いをいれて電話をしたのに、こうして別れ話は呆気《あっけ》なく終わった。

通話と同時に緊張の糸も一緒に切れて、私はくずおれるようにして座り込んだ。

「う……うっ……うわぁん!!」

涙も鼻水も垂れ流しながら、私は子どものように泣きわめいた。

引き留めてほしかった。理由ぐらい聞いてほしかった（いや、聞かれたら困るけど）。少しぐらいは動揺してほしかった。

それなりに長い付き合いだったのに、こんなに呆気《あっけ》なく終わったことが信じられないよ。

でも、これでよかったのだと私は必死に言い聞かせた。

だって私は、もうお嬢様じゃなくなったのだ。

借金まみれで怪しい金融業者に追われる身。

父はお金の工面をしてくるからと言い残してどこかへ行ってしまったし、借金の原因になった母は入院中だし、当然、婚約者もどきだってそそくさと逃げ去った。

怪しい金融業者は一人娘の私を追いかけまわし、あろうことか私の恋人にまで手を伸ばそうとした。

『お嬢ちゃん、借りたお金はきちんと返さないとね。借金返済ができるように仕事先は俺たちが紹介してやるよ。ああ、そういえばあんたには恋人がいたなあ。いっそ恋人にお金を工面してもらっちゃどうだい？　紹介する仕事が嫌なら――恋人に肩代わりしてもらおうか？』

お金は一生懸命働いて返しますって言っているのに、彼らはいつのまにか私の恋人の存在まで把《は》握《あく》して魔の手を伸ばそうとしていた。

そんなの、ダメだよ！

だって彼は母一人、子一人。高校も大学も奨学金で通い、学業とバイトを両立して頑張っている苦学生なのだ。そんな彼に迷惑かけたくない！

『仕事、仕事しますからっ！　彼のところには行かないでください！』

『でもなあ……お嬢様育ちのあんたに、いかがわしい仕事ができるかい？　恋人だって許さないいんじゃないかい？』

いかがわしい仕事がどんなものかはわからない。

でも、私の家庭事情のとばっちりを彼にまで受けさせるわけにはいかない。

なによりこんな惨めな現実知られたくない！

だから『彼とは別れます！　私とは無関係の人になります！　だから、だからっ、彼にまで取り立てに行かないでください！　言われた仕事はなんでもやりますからっ』と言うしかなかった。

『じゃあ、明日必ずここにおいで。そうすれば恋人には黙っといてやる』

そうして怪しげな名刺を押しつけられたのだ。

私には彼との別れを選ぶ以外、選択肢は残されていなかった。

「別れたくない……別れたくなかったよぉ」

だって、大好きだったのだ。

ずっと片思いをしていて、やっと告白できて、運よく付き合うことができた相手なのだ。

だからもし彼と別れることがあるとすれば、振られるのは私のほうだと思っていたのに。

まさかこんなことになるなんて。

私は、その日大好きだった彼に別れを告げ、裕福なお嬢様育ちから一転、転げ落ちていったのだった。

第一章

「別れたくないよぉ」

そんな自分の声で目覚める朝……私の顔は大抵、あの日と同じ涙と鼻水まみれになっている。

頻度は減ったけれど、いまだに未練たらしい夢を見てしまう。

夢の中の私は、底なし沼にどんどん沈んでいったり、地下牢のような場所で一人飢えていたり、見たこともない化け物に追いかけまわされたりと散々な目にあう。

でも現実の私は、いかがわしい店で働きながら借金返済に勤《いそ》しんでいる――わけではなく、地獄へ転げ落ちる一歩手前で救われた。

私は桐《きり》ダンスからたとう紙を取り出すと、そっと紐を解いた。

あの日の夢を見るたびに、私はこの振袖を取り出すようにしている。

祖母が私の成人式のために準備してくれた。著名な友禅《ゆうぜん》作家さんに依頼して、図柄を何度も打ち合わせて、数年がかりで制作したとても豪華な代物《しろもの》。

ちなみにお値段は八桁。

そしてこの振袖が、地獄へ落ちかけていた私の窮地《きゅうち》を救った。

モチーフは伝統的な古典柄で、白生地は華やかな赤や黄にしようかと思っていたのに、祖母の一言で深い青になった。

私にはシックな気がしたけれど、実際身に着けてみたら童顔が大人びて見えたのを覚えている。

それを着た私を見て、嬉しそうだった祖母の顔も思い出す。

そもそものきっかけは、その祖母の死だった。

会社経営をしていた祖父は意気消沈し、後を追うように病に倒れ、急逝《きゅうきょ》父がその跡を継いだ。

けれど、人の好《よ》さだけが取り柄の父には、祖父のような会社経営の才能はなかったようで、私にもよくわからないうちに業績悪化を理由に会社を追い出されてしまったのだ。

そこまでで終わっていれば、多分まだなんとかなったのだと思う。

でも、いきなり父が無職になったせいで、お嬢様育ちだった母はショックを受けた。

お金もないのに生活レベルを落とすこともできず、ストレス発散からますます散財するようになり、気づいた時には借金まみれ。

怪しい金融業者にお金を借りていたため、借金はものすごい額になっていた。

自宅を差し押さえられ、金融業者は私にまで借金返済を迫り、いかがわしいお店で働けと脅《おど》してきたのだ。

あの日、恋人と別れ、なにもかもを失くして大号泣していた私に、かかってきたのは一本の電話。

電話をくれたのは高遠結愛《たかとうゆいな》ちゃん。

彼女は中高大一貫のお嬢様学校である皇華学園《こうかがくえん》の二つ下の後輩。

高校時代にはあまり接点がなかったけど、大学時代に高遠家のお屋敷で開催されていたサロンで知り合いになった。

――高遠家のお屋敷。

大企業高遠グループの創業家が所有する、歴史の趣《おもむき》を感じさせる海外様式の豪奢《ごうしゃ》なお屋敷のことだ。

祖母に連れられてお屋敷で開催されていたサロンに参加したのは、私が皇華大学三年生の夏休み。お屋敷で長年家政婦を勤めていた女性は優秀な人で、彼女に指導を受けられるならと祖母に勧められ、私は月に二回のペースで参加していた。

その時お屋敷で働いていたのが結愛ちゃんだった。

彼女が高校卒業後、大学進学もせずに高遠家のお屋敷で働いていると知った時、私は素直に『すごいなあ』と感心した。

けれど周囲は違った。

『ほら、あの子実は……』とか『皇華の出身なのにあんなに落ちぶれるなんて惨めね』なんて声が、噂に疎《うと》い私の耳にもちらほらと入ってきた。

実際は、結愛ちゃんは高遠グループの御曹司である高遠駿《しゅん》さんの婚約者で、彼の意向を汲《く》んでそのご実家で、花嫁修業を兼ねてお手伝いをしていたにすぎなかったんだけど。

けれど私は祖母の死をきっかけにサロンに通うような状況ではなくなった。

そしてあの日、久しぶりに結愛ちゃんから電話がかかってきたのだ。

『あの、梨本さん。呉服屋さんからご自宅に連絡がつかないとお聞きしたので、梨本さんの携帯のほうにお電話したんですが』

その頃は、金融業者の嫌がらせの電話がうるさかったので自宅の電話線は抜いていた。

サロンでは着付けも学べて、そこに出入りしていた呉服屋さんは我が家も贔屓《ひいき》にしていたところだった。

『梨本さんが呉服屋さんに依頼していた振袖のお手入れが終わったそうなんです。ご都合の良い時にお店へいらしてくださいって伝言をお預かりしたんですけど……』

それがこの振袖。

成人式の後、親族の結婚式で着たのでお手入れに出していた。ついでにと他にも数着お願いしていたのだ。

金目のものはすでに処分した後だったので、私には換金できるものがもう手元にはなかった。

お手入れに出していた振袖と数着の着物、それを売れば少しは……そう思った私は電話口で再び大号泣した。

祖母に申し訳ない気持ちと、背に腹は代えられない状況と、少しでも借金の足しになるならという希望みたいなものがないまぜになって。

電話の向こうで、いきなり泣き出した私に彼女は慌てて、今では旦那様である高遠さんとともに私を迎えにきてくれたのだ。

『振袖を売りたい。手配してくれる呉服屋さんを紹介してほしい』と泣きながら頼む私から、結愛ちゃんと高遠さんは辛抱強くこれまでの状況を聞きだした。

そして私は藁《わら》にも縋《すが》る思いで、高遠さんにすべてを打ち明けて委《ゆだ》ねたのだ。

高遠さんは借金を肩代わりしてくれただけでなく、両親の支援までしてくれた。

祖母の形見の振袖が繋いでくれた縁のおかげで、私はいかがわしいお店で働く必要がなくなり、なんとか大学も無事卒業できた。

いろいろ片がついた頃、高遠さんからはもう身の危険はないから大丈夫だと思うよ、と言われたけれど、私はこのままお屋敷で働かせてほしいとお願いした。

だって私はなにも知らなかった。なにもできなかった。

のほほんと親のお金で生活をして、お嬢様学校に通って、あたりまえのようにそのまま大学に進学した。

どうせすぐに結婚するかもしれないから、それまで親の会社に入るか家事手伝いをすればいいのだと、まともに就職活動さえしなかった。

大好きな恋人が大学を卒業すれば、結婚してもらえるのではないかと思っていた。

ううん、身勝手に願っていた。

夢ばかり見て、幻想の世界にどっぷり浸かっていた。

家をなくして仕事もなくて、借金まみれになって恋人とも別れて、堕《お》ちるところまで堕《お》ちるしかないギリギリの状態になるまで。

お手入れに預けていたのは振袖と祖母のお気に入りの訪問着と大島紬《おおしまつむぎ》。

そしてその呉服屋さんには、私の嫁入り道具として祖母が準備してくれていた着物が数着注文されていた。

どれも素敵な着物ばかり。そして祖母の残してくれた大事な形見。

だから、私はこうして春と秋に虫干しをしてお手入れをしている。

私は祖母のお気に入りだった大島紬《おおしまつむぎ》を肩に羽織った。

幸い私は小柄なので、祖母のものもなんとか着ることができる。

着物好きな祖母は『大島紬《おおしまつむぎ》のシャリッとした感触が好きなのよ』とよく言っていた。腰紐を結ぶ時の衣擦れの音を聞かせながら。

「おばあさま。おばあさまのおかげで私、なんとか生きているよ」

あれから三年、私は二十五歳になった。

着物にそっと触れると、私は衣桁《いこう》にかけた振袖に向かって静かに両手を合わせた。

＊　＊　＊

「チャペルで結婚式を挙げようと思います！」

高遠家お屋敷内にある休憩室で昼食後のティータイムを楽しんでいると、結愛ちゃんが仁王立ちになって突然叫んだ。

高遠家の若奥様となった彼女は現在、このお屋敷の運営に関するすべての責任を負う立場にある。

もちろんまだ若いし経験も浅いので、周囲のサポートのもと、高遠さんからの支援や助言を受けながら試行錯誤で取り組んでいる。

お屋敷ではスーパー家政婦清《きよ》さん中心のサロン運営の手伝いをして、時折高遠グループ関係者であるＶＩＰの、宿泊のお世話やおもてなしをする。

数年前に敷地内にできたレストランのオーナーも彼女だ。

レストラン経営が軌道に乗り始めると、そこで結婚式を挙げられないかという問い合わせがくるようになった。

結愛ちゃんはしばらくの間悩んでいたけれど、とりあえず敷地内にチャペルを建築することにしたらしい。

このとりあえず、がすごいんだけどね……高遠さんは損得関係なしに結愛ちゃんの希望は基本叶える方針だから。

彼女は意外にもいろいろこだわるタイプだったようで、事前にたくさん調べたうえでチャペルを設計してもらった。

自宅もレストランもすごいけど、チャペルはそれ以上のこだわりよう。

建物の大きさ自体はこぢんまりしているものの、装飾や内装がとにかく豪華。

ステンドグラス窓のデザインも凝っていて、時折見惚れてしまうぐらい。

そんなこだわり満載チャペルができあがってしばらく経つのに、一向に使用する気配がなかったから、どうするのだろうとは思っていた。

今この場にいるのは高遠家の執事である斉藤《さいとう》さん、家政婦の清さん、レストラン料理長の奥さんで使用人でもある碧《あおい》さん、そして私。

私以外の人たちは基本的にお屋敷関係の仕事が中心だ。

私はお屋敷とレストランどちらの雑務も引き受けている。

お屋敷に住み込みなので、休憩時間はレストランではなくお屋敷の休憩室で過ごしていた。

「まあ、日にちが決まったの？」

碧さんが嬉しそうにほほ笑む。

たった今、結愛ちゃんのスマホに連絡が入ったようで、彼女はめずらしく興奮露《あら》わにうんうんと何度も深く頷いていた。

「お仕事の調整がようやくついたみたいなんです！　あ、でも本当にお身内だけの結婚式をっていうご希望なんですけど……」

「披露宴《ひろうえん》はレストランでやるの？」

「いいえ。披露宴《ひろうえん》というより大事な人だけをお呼びしてお食事会みたいにしたいらしいんです。できればビュッフェ形式の気楽な雰囲気で。ご招待する人数も少ないようなので、お屋敷でしようかなと思っているんですけど……ああ、でもお料理は料理長にお願いしたいです！」

「もちろん、レストランおやすみしてでもこっちを優先させるわよ」

結愛ちゃんと碧さんが嬉しそうにやりとりをする。

「チャペル第一号のお客様は結愛ちゃんのお知り合いですか？」

初めてあのチャペルで結婚式を挙げる上に、少人数のお食事会とはいえお屋敷ですると決めたのだ。結愛ちゃんにとって、よほど大事な人なのかなと思って聞いたところ、なぜか周囲がしんと静まり返って一斉に私を見る。

え？　なんだろう。

結愛ちゃんはうーんと首をかしげて考える。他の人たちも顔を見合わせている。

え……私、聞いちゃいけないこと聞いちゃったのかな？

そうして彼女はいいアイデアを思いついた時の表情をして、にっこり笑った。

うん、あいかわらず、かわいいなあ。

高遠さんが愛でるのもわかるよ！

「音々さん、今回はちょっと事情を抱えている方なんです。なので当日まで、できるだけ秘密にしたいと思っています。お名前は伏せてご新郎様ご新婦様で通そうと思うんですけど構いませんか？」

（よほどのＶＩＰなんだろうな）

お屋敷で宿泊のお客様をお迎えする時も、時々あえて名前を伏せたり仮名で対応したりしていた。

最初は不思議だったけれど、高遠グループ関係者ともなれば、公《おおやけ》にできない人たちもいるんだろうなとか、このお屋敷でのルールなんだろうなと思って、これまでもすんなり受け入れてきた。

だから今回も特に問題はない。私は素直に頷く。

「他のみなさまもいいですか？」

もちろん他の人たちも頷いていた。

今の私は、世の中には様々な事情を抱えている人がいるのだということを知っている。

高遠家の奥様として幸せそうにしている彼女も複雑な事情を抱えていたし、今となっては私もそういう立場だ。

「というわけでみなさま、ご協力よろしくお願いします！」

どんな事情を抱えていたとしても、きっと結愛ちゃんにとっては特別な人なんだろうな。

それだけは、なんとなくわかった。

＊＊＊

お屋敷に一週間滞在していたお客様をお見送りして、私は宿泊していたお部屋の掃除に向かった。

今現在二階で使用できる客室は三部屋。

すべてスイートルームタイプの豪華なお部屋で、それぞれテイストが異なる。

お客さまの好みに合わせてどの部屋を使用するか決めるのは、結愛ちゃんのお仕事だ。

海外のお客様ならみんな和風がいいのかな、なんて私だったら思うけど、そう単純な話じゃない。

たとえば足腰が悪い方ならベッドや椅子があるほうがいいし、旅館によく泊まる人ならあえてモダンなお部屋を準備する。

今回のお客様はフランスの方で長期の滞在予定だったので、ご自宅のように寛いでもらうためにフレンチテイストのお部屋を用意した。

ここに宿泊するお客様はみんな上品だ。

毎朝お部屋のお掃除に入るけれど、水回り以外ほとんど汚さない。部屋もあまり散らかさないし、外出する前には簡単に片付けてくれるお客様も多い。ベッドのシーツだって軽くしわを伸ばしている。

「音々ちゃん。どこまで済んだ？」

「あ、トイレとバスルームは終わりました」

「了解」

碧さんは手際よく掃除をすすめていく。

掃除に段取りがあることや、綺麗にするコツなどを、私は碧さんに教えてもらった。

皇華も清掃活動は大事にしているから私も最低限はできたけれど、学校でみんなと一緒に分担してやるのと、広い部屋を少人数で整えるのはやっぱり違う。

「結愛ちゃんは、今日は？」

本当は結愛ちゃんじゃなくて、奥様って呼ばないといけないんだろうけれど、お屋敷の人たちが人前以外ではそう呼ぶのと、彼女本人が『奥様はやめてください！』と固辞《こじ》したので、下の名前で呼んでいる。

高遠さんはもちろん『旦那様』だけど。

「しばらくは結婚式の準備に集中したいみたい。お客様の予約もしばらく入っていないし、突然入らない限り、こっちは私たちでなんとかなるしね」

「ふふ、夢中になれるものができてよかったですね」

「……うん、少しは気分が切り替わるといいんだけど」

最近の結愛ちゃんは、ずっと調子が悪かった。

仕事が忙しいのもあるけれど、一番の理由は精神的なもの。

高遠さんと結愛ちゃんは、彼女が二十歳の時に結婚した。

元々幼い頃からの婚約者同士で、彼女が二十歳になったら結婚する約束だったという、ものすごくロマンチックな関係の夫婦だ。

高遠さんがずっと海外生活で離れていたこともあって、結婚後しばらくは夫婦二人の生活を楽しんでいた。

そうして一年前ぐらいに、そろそろ子どもが欲しいねという話になったのだ。

私たちもいつ彼女が妊娠してもいいように、勤務体制をととのえていた。

結愛ちゃんは若い。

だから私たちもすぐに授かれるものだとばかり思っていた。

でも現実は、まだ彼女のもとにコウノトリは運んできてくれない。

不妊治療の開始の目安は子作りをはじめて二年だという。

二人はまだ一年だから焦る必要はない。

でも子どもが欲しい夫婦は一年できないだけで不安になる。

彼女も最初は気にしていなかったけれど、一年経ってもできなくて最近悩み始めていた。

高遠さんは、不妊治療はお互いに精神的な負担が大きいから、あまり急ぎたくないようだけれど。

彼ら夫婦は十歳の年の差がある。

結愛ちゃんは若くても、高遠さんは三十三歳——ちょうどいい年齢だ。周囲も高遠グループの跡継ぎ誕生を心待ちにしている。

そういう外からのプレッシャーが彼女を追いつめている。

そこにさらに彼女の出自《しゅつじ》が追い打ちをかけていて、周囲の声がうるさいのだ。

高遠さんは、そういう声を彼女に聞かせたくなくて、外での仕事を極力せずに済むよう調整している。

レストラン経営は順調だけれど、そのおかげでたまにいるのだ。

連れを装ってやってきて、オーナーとして挨拶する結愛ちゃんにいらぬことを吹き込む輩《やから》が。

「じゃあ、結愛ちゃんには結婚式に集中してもらいましょう！　私、できることやりますよ。結愛ちゃんほど上手には無理ですけど……」

彼女は本当に二つ下とは思えないぐらいしっかりしている。そして皇華での学生生活をきちんと活かして立派に若奥様として励んでいる。

「音々ちゃんも、随分成長したわよ。水回りの掃除なんか私より上手になったし！　お料理もサロンのお手伝いも様になってきたしね」

「碧さんや結愛ちゃんのおかげです。あ、もちろん一番は清さんですけど」

そう、清さんは厳しかった。

サロン時代は私が生徒だったからか、優しい気品のあるおばさまという感じだったのに、従業員として働きだすとそれはもうすごかった。

まあ、私があまりにもできなさすぎたせいだけど。

「だから悩ましいのよね。音々ちゃんもそろそろ社会復帰考えたほうがいいのかなと思うのに、結愛ちゃんが妊娠したら音々ちゃんにはいてほしいし……」

碧さんは時折私に、そろそろお屋敷を出て社会を見てみないかと言ってくれる。

碧さんたちは自ら望んでここで仕事をしている。

でも私は……大波にさらわれてここに打ち上げられたようなものだからと。

「私は、お邪魔でないならここでずっと働きたいです」

「邪魔なわけないわ。私だってずっといてほしいのよ。でも音々ちゃん……ここにはね唯一欠点があるの」

「欠点？」

住み込みだし、お給料はきちんともらえているし（一部は借金を肩代わりしてくれた高遠さんへの返済に充《あ》てているけど）、お休みだってあるし、なにより人間関係に恵まれている。

欠点なんかむしろないんだけど。

「異性との出会いよ」

「へ？」

「駿さんがああだから、このお屋敷関係の男性って既婚者か年配者でしょう？　警備員もレストランの厨房《ちゅうぼう》も配送業者まで。結愛ちゃんにはいいけど、音々ちゃんにはとばっちりだもの」

碧さんはおしゃべりしながらも、手だけは素早く動かしている。

私も思わず止まりかけた手を、頑張って動かした。

まあ、確かに碧さんの言う通りだ。

ここで異性との出会いは望めない。

でも、望めない場所なんて職種によっては他にもたくさんありそうな気がするんだけど。

それに――

「碧さん、私異性との出会いは求めていないので平気ですよ」

碧さんは私を厳しく睨んだ。

「そこが問題なんでしょう！　音々ちゃんが異性との出会いを求めて外に積極的に出ているならいいのよ。でも、結愛ちゃん以上に、音々ちゃんは外に出ないじゃない。だったらここに異性を連れてこないと！」

うう、碧さんが怖い。

「でも――」

「でもじゃないの。音々ちゃんは放っておくとお屋敷に骨を埋めそうなんだもの。ああ、年頃の女の子なのに心配……ここはいっそ」

手際よく掃除をしながらもぶつぶつ呟き始めた碧さんをそのままに、私は窓ふきに取りかかることにした。

（異性との出会いかあ……）

このお屋敷に来てからは毎日過ごすのに精いっぱいで、そんなこと思いもしなかった。

けれどチャペルが出来上がってからというもの、私は時折想いを馳せるようになった。

忘れたいのに――いろんな意味で忘れられない初めての恋。

高校三年生から大学四年生途中までの、人生がひっくり返る前の決して短くはない時間。

それは私が彼に夢中になっていた、私にとっては夢のような時間だった。

でも、今の私にはわかる。

夢中になっていたのは、恋に溺れていたのは私だけで、彼にとってはそうじゃなかったこと。

きっと彼にとっては私との関係なんて、そう恋でさえ――なかった。

＊　＊　＊

私が彼、立花《たちばな》明樹くんと出会ったのは、私が高校一年生、彼が高校二年生の時だ。

皇華と唯一交流のある、名門男子校の生徒会会長――それが明樹くんだった。

一年生だった私は、当時の生徒会役員の先輩たちにとって、からかいの対象というかマスコットというか、まあ都合のよい遣いっ走りのような存在だった。

年に何度か生徒会役員同士の交流の機会があって、私はそこで明樹くんに一目惚れをした。

いや、あの当時そんな女の子は私以外にもいっぱいいた。

副会長だった製薬会社御曹司の湯浅巧《ゆあさたくみ》さまと人気を二分《にぶん》していたから。

優しくて穏やかで落ち着いた、好青年の見本のような明樹くんと、愛想が一切ないのに強烈な存在感で魅了する巧さま（周りからそう呼ばれていた）。

二人はまるで水と油、光と影みたいだったのに仲が良かったから、一部のそういう系の女子たちにも別視点で騒がれていた。

彼らもそれは認識していて、それぞれ違うやり方で女の子たちをあしらっていた。

それに二人はいつも、年上の女子大生だとか他校の綺麗な女の子だとかと付き合っているという噂があったから、誰も彼もが見ているだけ、せいぜい周囲で騒いでいることしかできなかった。

私もそうだ。

私もずっと、見ていることしかできなかった。

私は幸い、生徒会活動というチャンスがあったけれど、それを活かせるはずもなく。

必要最小限の事務的な会話をするのみで、他の女の子よりちょっと間近で見ることができるぐらい。

そのうち、実は明樹くんのおうちが母子家庭だとか、彼は奨学金であの学校に通っているなんて情報が出回り始めた。

皇華の生徒にとってそれはマイナス要因となる。

明樹くんはますます観賞用のみの対象となり、本気で彼とお付き合いしたいと望む子は少なくなった。

それでも告白をされていたみたいだけど、彼は『噂通り、うちは母子家庭で僕は奨学金で通っている。そういう僕との交際を君のご家族は認めてくれるの？』という台詞《せりふ》で断るようになった。

私は明樹くんと一度だけ事務的ではない会話を交わしたことがあった。

その時、おこがましいけれど、なんとなく素の彼に触れた気がしたのだ。

そして淡い憧れだったはずの想いはそれから急激に膨らんだ。

私は、彼が高校を卒業し医学部進学が決まるのを待って勇気を出して告白した。

当然、彼からは即座に定型句で断られた。

だから言ったのだ。

『立花先輩のおうちが母子家庭でも構わない。奨学金で通うのなんてむしろすごい！　私は立花先輩が貧乏でも、実はすごいオタクでも、足が臭くても腹黒だったとしても、どんな先輩でも好きです！』と。

明樹くんは、ものすごく嫌そうな表情をした。

『僕はオタクじゃないし、足も臭くないし、腹黒でもないよ』と口調だけは穏やかに否定して。

私は、どんな先輩でも好きだってことを一番に伝えたいだけだったのに、そこはスルーされて
『いえ、例えで言っただけでそんなこと思ったこともないですよ』としどろもどろで言い訳する羽目になった。

『どんな僕でも好き、か……つまり僕の顔が醜《みにく》くなっても、ぶくぶく太っても、バカになっても暴力ふるうようになったとしても、それでもってこと？』

『ぼ……暴力はさすがに』

『そうだな、そこは言いすぎか』

『でも、暴力以外は大丈夫です！』

『君は――出会った時から思っていたけど……まあ、いいや』

明樹くんはとにかく呆れていた。

それにそんな風に脅《おど》してでも私の告白を断りたかったのだろう。

私はただ気持ちを伝えるのに必死で、そんなことにまで頭がまわらなかったけど。

でも、なぜかわからないけれど明樹くんと連絡先だけは交換できた（そういう意味では生徒会という繋がりがあったのに、それまでそんな機会さえ逃していたということだ）。

それから、私たちのものすごくスローなお付き合いが始まった。

最初の一、二年は知人以上友人未満だった。

それでも私は明樹くんから呼び出されたらほいほい出ていったし、数か月放置されても耐えていた。周囲から見ればそれは、到底恋人と呼べるものではなかっただろう。

でも私は、メッセージを送れば、数日後でも返事がくるだけで浮かれたし、毎回のテスト勉強にだけはなぜか律義《りちぎ》に付き合ってくれたから、それが健全デートだと思っていた。

誕生日やクリスマスやバレンタインにプレゼントをあげるのは私だけだったけれど、渡すためのほんの些細《ささい》な時間に会ってもらえるだけで舞い上がっていた（だって明樹くんは医学部の学生でとても忙しそうだったし、そのうえバイトもしていたし、経済的には苦労していると思っていたから気にしなかった）。

それに、私の誕生日には私の欲しいものをくれたから。

一年目は手を繋いで一緒に歩いた。

二年目は頬やおでこにキスをしてもらった。

三年目に初めて唇にキスをもらえて、四年目にようやく肌を重ねた。

肌を重ねてからは、そういう行為の頻度が増えた。

だから、彼は私のペースに合わせてゆっくり進んでくれていたのだと――それは大事にしてくれていたからだと前向きに捉《とら》えていた。

私の人生が大変なことになって、自分から別れ話をすることになって、最初は彼をものすごく傷つけてしまったと後悔した。

あんなに大事にしてくれていたのに、私は結局彼を捨てたのだから。

――『音々はねんねだからねぇ。いつまでも夢見る夢子ちゃんじゃダメよ』

友人の言葉通り私はねんねだった。

眠って夢ばかり見ていた。

夢から覚めた私は、明樹くんとのお付き合いもおままごとだったのだと気づいた。

今の私は、たんなる暇つぶしで付き合ってもらっていたことや、明樹くんにとって都合のいい存在だったことを自覚している。

私にとっての初恋は、明樹くんにとってはきっと恋愛ですらなかった。

それでも私はその夢のおかげで今を生きている。

そしてきっとこの夢を糧《かて》に未来も生きていくんだろうな。

＊＊＊

私は本日の仕事を終えた後、少し緊張しつつお屋敷内の書斎へ向かう廊下を歩いていた。

結愛ちゃんは、結婚式の準備を着々と進めている。

結婚式の司会進行をどうするかとか、生演奏をどこまで手配するかとか、飾りつけに選ぶ生花をどれにするかとか、とても楽しそうだ。

そしてお食事会のメニュー開発も料理長とともにやっている。

試食にあやかれるのは嬉しいけれど、比例するように体重が増えているのが心配。

結愛ちゃんは体型があまり変わらなそうなのに、なんで私だけ影響受けるんだろうな。

ウェディングドレスに関しては、結愛ちゃん自身も気に入っていたブランドを紹介したらしく、ご新婦様も気に入ったようだと喜んで報告してくれた。

私は、彼女が楽しく式の準備に集中できるようサポートしているし、仕事上で大きなミスもしていないはず。

だからこんな風に高遠さんに呼び出される理由がわからなかった。

高遠さんはもう見るからにイケメンで素敵な旦那様だ。

年上ならではの余裕もあるし、それはそれは結愛ちゃんを溺愛している。

優しくて穏やかで、声を荒らげることなんてほとんどない（結愛ちゃん関連以外では）紳士的な王子様。

う、う……そんな恩人だけど、あまり近づきたくないタイプなんだよね。

私はドアの前でひとつ深呼吸して、気持ちを落ち着かせた。

（とりあえずなにかあったなら謝罪しよう）

「梨本です」

ドアをノックして名乗ると中から返事が返ってきて、私は書斎に入った。

お屋敷の主《あるじ》が代々使用してきた部屋とあって、重厚感のある豪華な設《しつら》えだ。

隣にはベッドルームやバスルームも完備しているのでここで生活もできる。このお部屋は結愛ちゃんと碧さんが管理しているので、私は掃除したこともないけど。

高遠さんは机についてなにやら仕事をしていた。

帰ってきても仕事なんて本当に忙しそうだ。けれど会社で残業するよりは、お屋敷のほうが結愛ちゃんのそばにはいられる。

「ああ、座って」

ソファを示されて私は言われた通り腰をおろした。

う、沈む。

このソファがやわらかいせいか最近私の体重が増えたせいか、どっちだろう。

高遠さんも向かいのソファに座った。

「ごめんね。急に呼び出して」

「いえ」

「そんなに緊張しないで」

「はい」

無理です、緊張します！　と心の中で叫んだ。

なんでだろう。

本当に優しい口調だし、重い空気を発しているわけでもないのに、私の体が勝手に反応して固まってしまう。

「結愛の代わりにいろいろ動いてくれているって聞いた。ありがとう」

いきなり説教でなくてほっとしたけれど、油断はできない。

「いえ、結愛ちゃん……奥様の代わりまでは無理ですが、少しでも手助けになっているならよかったです」

本当に雑用が少し増えた程度だ。

あとは結愛ちゃんに指示されて事務的なことをしているぐらい。

「いや、いいタイミングで結婚式が決まったことも、それをサポートしてくれる人がいたことも結愛にはよかったと思う。ちょっと思いつめていて……僕だけの力じゃ、どうしようもなかったから」

高遠さんは珍しく、しみじみと吐き出した。

私が思うよりも、当事者間ではいろいろあるのかもしれない。

夫婦のことだしデリケートな問題だ。

私なんか結婚さえしていないから、本当の精神的なつらさはわからないし。

「結愛ちゃん、本当に楽しそうです。もうすぐですしね」

そう、結婚式は三週間後に迫っている。

「それで、碧さんに相談されていた件について、梨本さんにいくつか確認しようと思って、今日は呼び出したんだ」

はい？

碧さんの相談内容がどうして私に関係するんだろう？

「碧さんには、君の将来のことについてどう考えているのか聞かれたんだ。このお屋敷に勤め始めて、君は休みの日もほとんど外出しないらしいね。このままだと出会いもなく年をとりかねない。本人にその気がなくとも、雇用主として誰か紹介するなり出会いの場を設けるなり考えるべきだって」

あ……思い出した。

いつかの掃除の時に、このお屋敷勤務の唯一のネックは異性との出会いがないことだと力説していた碧さんを。

「わ、私、紹介とか出会いとか求めていません！」

「うん、でも……結婚願望がないわけじゃないだろう？　チャペルができてから君がぼんやり見つめることが多くなったって報告を受けている」

私は思わず言葉に詰まった。

今までそんなの口にしなかったのに、どうしていきなり碧さんがそんなことを言い出して、なおかつ高遠さんにまで話をしたのか気づいた。

確かにチャペルは、乙女の夢を刺激する代物《しろもの》だ。

だってそれぐらい素敵なんだもの。

私でなくったって、年頃の女性ならぽーっと見てしまうと思う。

「結婚願望は……いえ、というか旦那様に紹介していただくなんて恐れ多くてできません！」

結婚願望はあった。結婚は夢見ていた。

でもそれは過去の想い。

それに高遠さんからの紹介なんて、それ断れない案件になりそうで怖いよっ。

「初めて出会った時の君はぼろぼろだった。恋人に嘘をついたと傷つけたと泣きながら、おばあさまから贈られた振袖を売りたいのだと訴えた。話はかなり支離滅裂《しりめつれつ》だったけれど、君はしきりに恋人にもおばあさまにも泣いて謝っていた」

高遠さんは少し困ったように眉尻を下げて、当時の私の様子を語った。

正直言えばあまり覚えていない。

それぐらい私は精神的に追いつめられて混乱していたのだと思う。

別れ話をうまくこなすので必死だったからなあ。

「それは大変ご迷惑をおかけしました」

「あの頃の君には聞けなかったけど、どうして恋人には頼れなかったの？」

高遠さんの問いに私は首をかしげる。

どういう意味で問われているのか、わからなかったからだ。

「頼ろうなんて思いませんでした。むしろ迷惑をかけないようにするには、どうすればいいかばかりを考えていたので」

「頼ろうと思わなかったってことは、恋人は年下とか学生だったってこと？」

「そうです。年下ではありませんが、彼は学生で卒業までまだ一年以上必要で……それにとても将来有望な方だったので」

母子家庭で、奨学金で頑張って医学部に行っている明樹くんには絶対に負担はかけられなかった。

それに、私は多分落ちぶれてしまったことも知られたくなかった。

だから、婚約者と結婚して海外へ行くなんて嘘をついて別れ話をしたのだ。

あの当時の私には正式ではないものの婚約者っぽい相手がいた。なにせ私の結婚は祖父の一番の関心ごとだったから。

だから高校を卒業するとすぐに、家族の集まりを通して何人かの男性を紹介された。

何度か会って交流しながら、二十歳の成人式の後、知らぬ間にお見合いをさせられて、将来的にいずれはみたいな感じの相手もなんとなくいたのだ。

明樹くんとの交際は家族にもうすうす気づかれていたけれど、大学卒業までの間ぐらいはと目こぼしされていた。

明樹くん自身も、私にそういう相手がいるらしいことには勘づいていたのだろう。

だから、私の口から婚約とか結婚とかの言葉が出ても動じなかった。

(まあ、それも後で振り返ってからわかったことだけど)

「もう、その彼のことはふっきれた？　君は新しい出会いを受け入れられるのかな？」

「彼のことはふっきれています。でも――まだ新しい出会いは求めていません」

そうか。高遠さんは私の意思を尊重しようとしてくれているんだ。

私がまだ過去を引きずっているかどうか。

新しい出会いを望むほど心が落ち着いたかどうかを確認したかったんだろうな。

「碧さんや旦那様の心遣いは大変ありがたいのですが……今はまだ遠慮させてください。それに、その気になったら私、ちゃんと自分で探しにいきます」

そうだよ。

高遠さんにお願いしたら絶対大変なことになりそうだもの。

ここは、がつんと遠慮しよう。

「そうか。ならその気になったらいつでも言っておいで。もちろん君が自分から探しにいくのならそれでも構わない。そのためにここをやめたくなったなら、それも受け入れる」

私はびっくりして高遠さんを見た。

「でも、借金が」

「もうすぐ終わるよ」

思ってもみない言葉に、私はぽかんと口を開ける。

金融業者への借金は利子がどんどん増えてえらいことになっていた。

高遠さんがそれを立て替えてくれたので、私はお給料の一部を毎月返済に充《あ》てている。その返済額だとあと数年はかかるはず。もうすぐ終わるなんてありえない！

「嘘です！　私の月々の返済額じゃ到底まだ無理なはずです！」

「月々の返済額だけじゃ確かに無理だね。でも僕の管理のもと、君名義で投資にまわしてきただろう。この数年できちんと増えている。だからもうすぐ終わるよ。君は自由になっていい」

いきなりそんなことを言われて混乱する。

確かに結愛ちゃんに言われてネット証券の口座を開設した。返済分はここに入金してねと指示されてその通りにしていた。結愛ちゃんというよりは斉藤さんの指示が入った時にパソコン上でいろいろ操作をさせられていたけど、まさかあれが投資だったとは気づかなかった。

借金が終わる？

私は自由になってお屋敷を出ていっていいの？

自由――

一見、解放感あふれる素敵な言葉なのに、私はなぜか見捨てられた気持ちになる。

お屋敷を出て一人で生きていく自分がうまく想像できない。

「梨本さん、借金はそろそろ終わる。これからどうしたいのか考える段階にきているんだ。もちろん君が返済後もこのままここで働きたいならそれでも構わない。でも、なにかやりたいことがあるのなら屋敷を出てもいい。君の安全はすでに保障されているし、ここに隠れ続ける必要はないんだ」

ああ、だから碧さんはあんなことを言っていたんだ。

もしかしたら、お屋敷の人たちはみんな知っているのかもしれない。

私が自分の生き方を選ぶ段階にきていることを。

私は頭がぐるぐるしそうになりながらも、とりあえず「ありがとうございます。考えてみます」となんとか適当に答えて、書斎を後にした。

＊＊＊

なってこったい……って言葉はこういう時に使うんだろうな。

私はお屋敷内に与えられた自室に戻るとベッドに突っ伏した。

お屋敷に来た時にどの部屋がいいかと聞かれて、私は『和室』と答えた。

それまでの自分の部屋が洋室だったので、違う空間に身を置きたかったのだ。

実際に与えられたのは和洋室タイプのお部屋で洋室にはベッド、畳敷スペースに桐《きり》ダンスと小さな座椅子とテーブルが置いてある。

ちょっと古めかしいレトロな雰囲気がお気に入りだ。

借金の返済まではあと数年かかると思っていた。

だからお屋敷を出るなんて考えたことがなかった。

私は、元々将来の夢なんかあまり考えてこなかったタイプ。

その手の作文にも『私には将来の夢は特にありません』から始まり『これから探していこうと思います』でいつも締めくくっていた。

だって仕事をしたいなら祖父の会社。

働きたくないならおうちで家事手伝い。

いずれ好きな人と結婚すればいいのだと思っていたからだ。

運よく明樹くんと付き合えたおかげで、彼に夢中だった私は彼の医学部卒業を待てば、そのうち結婚もしてくれるんじゃないかと期待していた。

だから彼を待つ間だけ、社会経験できたらしようかなぐらい、能天気なことしか考えていなかったのだ。

皇華は中高のカリキュラムに、裁縫《さいほう》、料理、掃除をはじめ、茶道、華道、着付けなどの日本文化、社交ダンス、テーブルコーディネート、英会話などマナースクール的なものが多く含まれている。

そのせいで良妻賢母《りょうさいけんぼ》を目指すような学校のイメージがあるけれど、実際は違う。

むしろ夫の会社が倒産しても、解雇されても支えていけるような自立心のある女性の育成を掲げていた。

だから大学になると、資格をとれる様々な学部が設置され、多くの選択肢をもてるように学部の垣根を越えて単位取得できるようになっていた。

私のような、のほほんのんびり女子はどちらかといえば少数派。

「借金が終わらなければ、ずっとここにいる理由があったのにな」

『やめてもいい、やめなくてもいい。でも君が選んでいい』

高遠さんはそう言ったけれど、考えてみれば私はいつも流されてきた。

親の言うままに皇華に進学し、与えられた生活があたりまえだと思っていた。

長期休みには海外旅行、連休には国内旅行。自宅に車は数台あったし、我が家にも執事まではいなかったけれど家政婦さんはいた。母は新作が出るたびにブランド品を買っていて、クローゼットに大量にあった。

自宅を差し押さえられる前に、いくつか質屋に持っていったけれど、買い取り価格のあまりの安さにびっくりしたぐらいだ。

限定品なんか、あんなに高かったのに。

周囲がいいと言えばやって、ダメだと言ったらやらない。

生徒会だって勝手に入れられたし、お屋敷のサロンだって祖母に言われて連れていかれただけ。

そして今回も……高遠さんや結愛ちゃんに甘えてここにいる。

ずっとずっと流れてきたから、今さら岸に上がっていいって言われても、いつどこに上がればいいのかわからない。

それに、私は明樹くんには、海外に行くのだと嘘をついて別れた。

金融業者に追われていたから、身を隠すために皇華の同級生にも同じことを伝えた。

明樹くんも友人も、私が結婚して海外で生活していると思っているはずだ。

それは私のちっぽけなプライドを守るためでもあった。

お屋敷を出て、もし同級生に会ったら、もし明樹くんに会ったら、私は今度はどんな嘘をつくことになるんだろう。

＊　＊　＊

今日はチャペルでの初めての結婚式。

数日前から慌ただしくなって、屋敷内には珍しくたくさんの人が出入りしている。

どうしても外部から人を入れないといけないので、斉藤さんからは警備員を増配していますと伝えられた。

けれど、警備員とはあからさまにわからないようにお屋敷のスタッフと同じ格好をしているから、誰が臨時の手伝いで誰が警備員なのかわからない。

とりあえずどちらだろうと、スタッフの格好をしている人には自由に指示をだしていいと言われたので、私も適当に声をかけて手伝ってもらっている。

正直に言えば、私にはみんな警備員に見えるんだけどね……

チャペルでの結婚式の参加者は親族のみだけれど、お食事会にはそれ以外にもお二人の関係者が数名参加する。

それでも全部で二十名に満たない。

一見ささやかなものに感じるけれど……すごくお金はかかっている。

今夜お屋敷には、新郎新婦と新郎両親、新婦祖父母が宿泊予定だ。

新婦祖父母と聞いた時点で、事情があるのだと言った結愛ちゃんの言葉を思い出した。

新婦にはご両親がいないのかもしれない。

世の中にはそんな人たくさんいそうだけれど、そのあたりにひっそりと結婚式を行《おこな》う理由があるのかも。

だってお金もかかっているけど、警備も厳重な気がするもの。

結婚式やお食事会の会場準備や後片付けにはいろんな人が出入りできる。

でも本番が始まったら、会場内に入れるのはごく一部の人だけだ。そのためか、なんと高遠さん自身も今日は結愛ちゃんのそばにいて手伝いをしている。

私でさえも今日は会場内に入ることはできない。

バックヤードメインで仕事をするように言われている。

本音を言えば初めてお屋敷で実施する結婚式だから、せめてチャペル内での式のお手伝いぐらいはしてみたかった。

花嫁さんのドレス姿とか式の様子とか見たかったなあって。

私があからさまに残念そうにしていたからか、結愛ちゃんが『結婚式が終わってお屋敷に新郎新婦が移動する時はお手伝いをお願いできますか？』と命じてくれた。

花嫁さんのベールを持って誘導をサポートするお役目だ。

私は喜んで応じた。

その代わり『見たこと聞いたことは口外禁止ですよ』と念押しされた。

もちろんだ。

元々、屋敷内で知りえたことは絶対口外しないという契約だってかわしているし。

私は少し緊張しながら、チャペル外側の扉のそばで待機していた。

雲一つない秋晴れのお天気。

雨が降らなくて本当によかったと思う。気温は暑くもなければ寒くもないちょうどいい感じ。

お庭には秋バラが咲き誇り、花々の香りが風にのって届く。

チャペルからは、退場の合図でもあるピアノとバイオリンの優しい音色が流れてきた。

扉が開くと、最初に出てきたのはカメラマンだった。

私は姿勢を正して、式を終えた新郎新婦が出てくるのを待つ。そうしてささやかな拍手のもと、二人がチャペルから出てきた。

カメラマンが「チャペル前でも撮りましょうか?」と声をかけている。

前撮りするような時間はなかったから、本人たちが希望すれば写真撮影の時間も設けるとは聞いていた。

うん! チャペル前ももちろん素敵だし、今日のお天気ならお庭での撮影もいいよ!

きっといい写真になる。

「真尋《まひろ》、せっかくだから撮ってもらおう」

「うん」

——え？

私は聞こえてきた花嫁さんの名前に思わず顔をあげた。

すぐさま視線を外して、無意識に結愛ちゃんを探してしまう。

彼女と目が合うと、さりげなく首を横に振って目配せされた。

私は慌てて花嫁さんのベールを綺麗に広げて整えた。繊細なレースで編まれたベールにはキラキラのスワロフスキーが飾ってある。

すぐ近くで『最初は二人きりで撮って、それから家族みんなで撮ろう』とか『お庭もいいな』とかいった二人のやりとりが聞こえた。

私は花嫁さんを知っていた。

彼女は湯浅真尋ちゃん。結愛ちゃんの仲のいいお友達で湯浅先輩——巧さまの妹。

父親の再婚によってできた巧さまの義理の妹だ。

私は高校三年生になるとすぐ、明樹くん経由で巧さまから『春から義理の妹が皇華に入学する。注意して見てもらえないか』と頼まれた。

その時に初めて巧さまと話をしたし、恐ろしいことに連絡先まで交換した。もちろん『俺の連絡先を売ったりしたらただじゃおかない』と脅《おど》されたうえで。

初めて言葉をかわした時の巧さまの第一声は『ああ、君が明樹の……だったら使えるか』だった。

巧さまの命令に逆らえるはずもなく、私は義理の妹である真尋ちゃんをこっそり見守って、ついでに定期的に学校での様子を報告していた。

高等部からの入学の上、巧さまの義理の妹だと知られていた彼女は、最初こそトラブルにあっていた。

でも、巧さまが自ら送迎するほどかわいがっているという認識が定着すると、夏休みに入る頃には落ち着いた。

だから私のお役目も数か月程度で終了。

もちろん彼女はそんなこと知らない。

だからサロンで結愛ちゃんとともに彼女とも顔を合わせて挨拶をした時、皇華の先輩後輩であるという紹介はしあったけれど、なんとなく後ろめたくてあまりおしゃべりはできなかった。

「では撮ります。お二人見つめ合ってください」

カメラマンの声に、私はベールをふわりと広げて整えると二人から離れる。

真尋ちゃんの結婚式……だから結愛ちゃんはあんなに張り切っていたんだ。

そうして新郎様の横顔を見て、私は時間が止まった気がした。

彼女の結婚式なら当然、義理の兄である巧さまは出席しているだろうと思った。

だけどまさか彼が真尋ちゃんの隣に立っているとは想像もしていない。

だって二人は義理の兄妹。

真尋ちゃんは巧さまの三つ下で、中学を卒業したばかりの彼女にはあどけなさが残っていた。

巧さまに様子を見守るよう頼まれた時も、義理とはいえ妹になったから大事なんだろうと、よほどかわいがっているんだなとは思ったけれど。

巧さまはあの頃より一段とカッコよさが増していて、大人の男性の色気と相変わらず強烈な存在感を放っていた。

同時に、きっと誰も見たことがないだろう甘い蕩けるような眼差しで真尋ちゃんを見つめていた。

そのまま誰に言われたわけでもないのに、彼は真尋ちゃんに口づける。

優秀なカメラマンはシャッターチャンスを逃さずに、連写の音がしっかり響いた。

「たっ、巧くん！」

「おまえがかわいすぎるのが悪い……真尋、もう一回」

「ばっ、みんないるんだよ！　家族の前だよ！」

「だから、俺たち二人だけで式しようって言ったのに」

言い合っている間にもシャッターは切られている。

真尋ちゃんは恥じらいながらも、拒むことなく再度口づけを受け止める。絡み合う視線はどこまでも甘く、浮かぶ笑みは幸せに満ちている。

愛し愛されているのが伝わってくる。

巧さまのお父様らしき人が「巧！　いいかげんにしなさいっ」と叫んだ。

親族のお子様なのか、幼稚園か小学校低学年ぐらいの女の子が「真尋ちゃんチューしている」と言うと「子どもは見ちゃいけません」と父親らしき人が目隠ししていた。

カメラマンが「次はお庭で撮りましょうか？」とすかさず甘ったるい空気を変える。

巧さまは真尋ちゃんを抱き上げると、結愛ちゃんが誘導するほうへと歩いていった。

ドレスの裾《すそ》とベールがふわりと広がった。スワロフスキーが陽の光に反射して煌《きら》めく。

優しい色の緑の木々と、色鮮やかなバラの花、真っ白なドレス、そして二人の眩《まばゆ》い笑顔。

家族は涙ぐみながらも温かな眼差しで二人を見守っている。

二人は祝福されている。

たとえ義理の兄妹の関係であっても――

結愛ちゃんが、事情があると言って名前を伏せてきたのも、厳重な警備体制が敷かれているのも、結婚式の参列者が親族のみで、食事会が少人数なのもそのせいなのだろう。

湯浅製薬はつい数か月前、お家騒動で会社分裂！　みたいな記事が出て騒がれていた。インターネットサイトのニュースでもいろいろ書かれていた。

そんな中での結婚式。

きっと厳しい決断だったろうな。

だって、巧さまの立場からすると義理の妹との結婚なんて醜聞《しゅうぶん》になりかねない。

それでも二人はこうして今日結婚式を挙げている。

羨《うらや》ましいと素直に思った。

結愛ちゃんのそばに高遠さんが近づき、そっと肩を抱き寄せる。

羨《うらや》ましい……好きな人とずっと一緒にいる約束を交わした二人が。

写真撮影を終えてお屋敷へ向かう二人の背後を、私はベールを持って歩いた。

お食事会の会場まで見送った後、私はすぐさまチャペルの片付けへと戻った。

なんとなく、これ以上幸せそうな二人を見ていられなかったから。

＊＊＊

チャペル内には生花がふんだんに飾られている。

一応、お食事会が終わるまではこの状態。

今日の参加者の中に希望者がいればチャペルの見学も可能になっているのだ。

フラワーシャワーで散らばった床は片付けたほうがいいだろうと、私は箒《ほうき》を手にする。ステンドグラスのいろんな色が床に映って、すごく幻想的な空間になっていた。

箒《ほうき》でかき集めた花からもいい香りがする。このまま処分するのはもったいないなあと思ってとりあえず、水を張ったバケツにいれてみた。

祭壇側は全面ガラス張りで、高遠家ご自慢のお庭が広がっている。

ここだけ切り取るとまるで外国にでもいる気分。

私は箒《ほうき》で掃き終えると、今度はモップで床を磨いた。

壁際の床に光るものを見つけて手にとった。

キラキラがたくさんついた、かわいらしい髪飾り。もしかしたら参列していた小さな女の子のものかもしれない。

後で誰かに預けようと、スカートのポケットにしまう。

見学者がいつ来てもいい状態にし終えて、掃除道具を片付けると私はそっと祭壇に近づいた。

バージンロードは新婦の父親に手をひかれるんだっけ？

それからここに並んで、誓いの言葉をかわすんだよね。

指輪の交換が先かな、後かな？

何度か参加した結婚式を思い出す。

私もいつか誰かとここに立てる日が来るのかな。

愛を誓いたい相手と出会えるのかな。

いまだに、想像する時に私が思い浮かべてしまうのは明樹くんだ。

彼以外の人と結婚するイメージがわかない。

だから私はたぶん、ここに立つ日は来ない気がする。

――っていうか明樹くんだって、もうとっくに誰かと結婚しているかもしれないよね。

だって巧さまが結婚したんだもの……

そこで、ん？　と思ったのと、扉を遠慮がちにノックする音が聞こえたのは同時だった。

「はい！」

もう見学希望者だろうか。

だって食事会始まって、そう時間たってないよ。

「すみません。こちらに髪飾りの落とし物はありませんでしたか？　小さな女の子用でキラキラしているらしいんですが」

そう言いながら扉を開けて入ってきたのは、フォーマルスーツを着た男性だった。

私はさっき見つけたばかりの髪飾りをポケットからとり出す。

よかった、とりにきてもらえて。

「落とし物ありましたよ。こちらではありませんか？」

「ああ、僕は落とし物がなかったか見てきてくれと頼まれただけなので、ちょっとわからないんですけど。だから椎名《しいな》先生が探しにくればよかったのに……」

相手に近づいて、掌《てのひら》にのせた髪飾りを見せる。

見上げて男性と目が合った瞬間、私は固まった。

男性のほうも私同様、固まっている。

本日二度目だ……時間が止まった気がするの。

巧さまがいると気づいた時点で、私はもっと想像力を働かせるべきだった。

真尋ちゃんの結婚式を羨《うらや》んでいる場合ではなかった。

だって、巧さまの結婚式ってことは――仲のいい彼が来る可能性は充分あったのだから。

「は、るきくん……」

「……ねね？　音々か？」

私が行動を起こすより早く、髪飾りを握った手首を掴まれる。そして顔を確かめるかのように明樹くんの手が私の頬に触れた。

巧さまもすごくカッコよくなっていたけど、明樹くんもものすごくカッコよかった。

少し明るめの髪は、ちょっとチャラそうな雰囲気。

でも穏やかで優しそうな好青年から、落ち着いた紳士的な大人の男性になっている。

なのに目が……彼の目だけが驚愕《きょうがく》に見開かれ、複雑な色を滲《にじ》ませつつ強い威圧感を放っていた。

(は、明樹くんだ……まさか、まさかこんなところで再会するなんて!!)

「音々。なんで君がここに……この格好、ここで働いているのか？　いや、そもそもなんで日本にいる」

「ひ……人違い」

「そんなわけないだろう！」

反射的に誤魔化そうとしたのを叱《しか》られる。

う、う、彼に本当は怖いところがあるって知っているのって私だけかなあ。

そのうえ明樹くんは掴んでいた私の左手をじっくり見て指輪がないことまで確認した。

仕事が素早すぎる。

「そもそも結婚して海外にいるはずの君が、どうして日本にいて働いているんだ！　答えて音々！」

なにをどう言えばいいのだろう。

どんな嘘をつけば誤魔化されてくれるのだろう。

あの時は精神的におかしかったせいか、必死だったせいか、逆にするするとうまい嘘をつけた気がするのに、今の私にはなんの名案も思い浮かばない。

「は、明樹くん、腕痛い」

「あ、ああ。悪い」

明樹くんの剣幕に怯えつつ告げると、彼は力を緩めてくれたものの離しはしなかった。

というか、どうしてこんなに明樹くんは怒っているんだろうか。

確かに私は嘘をついて明樹くんを振った形にはなったけど、彼は彼でけっこうあっさりしていたのに。

「い、いろいろ、いろいろあってね。今はここで働いているの」

「それは結婚式関係の仕事？」

「ええと、このお屋敷での仕事」

「お屋敷って、高遠家ってこと？」

渋々頷いた。

お屋敷内で知ったことは口外禁止だけど、働いていることまで秘密にしなきゃいけないわけじゃない。ただ誰にも言う必要がなかったから言ったことがなかっただけで。

「明樹くんは、この落とし物を取りに来たんでしょう？　それに今お食事会の最中なんじゃないの？　戻ったほうがいいと思うよ」

「……音々にしてはもっともなことを言うね。確かに椎名先生のお嬢さんが泣いているから、これは早めに届けたほうがよさそうだ。巧はどうでもいいけど、椎名先生と姫にはきちんと礼は尽くしたい」

私は同意の意味を込めてうんうん頷いた。

「そのうえ、高遠家か……お屋敷となると君の雇い主は高遠の息子さんのほうか」

再度うんうん頷いた。

明樹くんは少しの間考え込んだ後、「会場に戻ろう」と言ってなぜか私の手を掴んだまま、お屋敷へとひっぱっていった。


「明樹くん、明樹くん！　私チャペルでの仕事がまだあるっ！」

「今は、この敷地内で迷った僕を会場まで案内する仕事を優先すべきだ」

さすが、かしこい明樹くんだ。

立派な言い訳が成り立っている。

私に反論も抵抗もできるはずがない。

「でもでも！　会場内に私は入っちゃいけないことになっているの！」

明樹くんは、迷うことなくチャペルからお屋敷に入り、一直線に会場へと向かっていく。明樹くんが迷うわけないとは思っていたけど、私のほうがこうしてひっぱられていたら案内の言い訳にはならないよ。

そうして会場外の扉の前に立つと、明樹くんは再び思案して中の誰かにまず髪飾りを預けた。そのうえで、なおかつ高遠さんを廊下に呼び出した。

「立花様、どうされました。うちのスタッフがなにか？」

私がいるのを見て高遠さんが瞬時に雇い主の顔になる。

お食事会には高遠さんも結愛ちゃんも客の一人として参加する。だから彼の装いもさっきとは違っていた。

「彼女と個人的に話をする時間をいただきたいんです。ご許可願えますか？」

明樹くんは珍しく直球で切り出した。

高遠さんは疑問をすぐにかき消して笑みまで浮かべる。

さ、さすが高遠家の御曹司！

「梨本さん、立花様とはどういう関係かな」

「今はなんの関係もな――」

「元恋人です」

私が否定しきる前に明樹くんが暴露《ばくろ》する。

「大学時代に彼女と付き合っていました。結婚して海外にいるはずの彼女がどうしてこちらで働いているのか、その理由を知りたい。僕には知る権利があります」

高遠さんの視線がさっと走って私を見る。

私が大号泣して、嘘をついてまで別れた恋人だと、この一瞬で察知したのがわかった。

高遠さんは私をじっと見た後、明樹くんを見つめた。

二人の視線が絡んで、緊張感が走る。

こんな怖い高遠さんから目をそらさないあたり明樹くんも負けていない。私はもう体のほうが勝手に震えそうなんだけど。

「立花様、彼女のプライベートにまで私が口を出すことはできません。また彼女が望まないようであれば私は雇用主として守る義務があります。今はおめでたい食事会の最中ですし、ここはひとまずあなたの連絡先を彼女にお伝えするのみとしていただけませんか？」

高遠さんはそこで言葉を区切った後、私の腕を掴んだままだった明樹くんの手に触れた。

「彼女があなたとの話し合いを望むなら連絡するでしょうし、望まなければあきらめていただきたい」

明樹くんはぴくりと震えると、高遠さんに促《うなが》されるままに私の腕を離した。

そうしてため息をつく。

明樹くんは、気を取り直したように名刺を取り出すと、連絡先を書いて私の手に押しつけた。

「音々。必ず連絡して」

私は高遠さんの手前もあって、無言のままその名刺をポケットにしまった。

「梨本さん、仕事に戻りなさい」

「はい、かしこまりました。旦那様」

背中に明樹くんの視線を感じつつも、今すぐ駆け出したい気持ちを抑えてお行儀よく廊下を歩いた。

その場を離れるまで、私の心臓はうるさいくらい音をたてていた。

＊＊＊

僕は静かにその場を去る音々の後ろ姿をずっと見つめていた。

「立花様、中へどうぞ」

僕は高遠氏に促《うなが》されて仕方なく会場内に入った。

彼は即座に立場を切り替えたようだ。部屋に入るとそれ以上なにも言わず聞かず、食事会の客人として奥方のところへと戻っていく。

「明樹おにいちゃま、髪飾りありがとう」

さっきまで髪飾りをなくしたと泣いていた椎名先生のお嬢さんが、にこにこ笑って僕のところへやってきた。

彼女の髪には、きちんとそれが飾られている。

椎名先生は僕が勤務する病院の大先輩だ。そして友人である湯浅巧の妻、真尋ちゃんの叔父でもある。

僕は椎名先生のお嬢さんを抱き上げると彼のもとへと連れて行った。

大事にしていた姪っ子がよりによって義理の兄と結婚したせいか、いろいろと複雑な心境らしい。湯浅父子にそろって姉と姪を奪われたのだから気持ちはわからなくもない。

さっきからアルコールがすすんでいて、泣いては笑い、泣いては怒り、泣いては嘆《なげ》きを繰り返している。

僕は僕で、久しぶりに衝撃を受けていて、こんな時こそ椎名先生のように酔ってしまいたい気分だった。

少人数でアットホームな雰囲気なため、巧と真尋ちゃんのそばには彼らの友人たちが集まって話している。

本来なら僕もからかいがてら話をするつもりだったのに、今はそんな気にもならなかった。

梨本音々――僕を振った唯一の女。

高等部に入学して生徒会に入り、お嬢様学校である皇華と交流するにあたって、先輩に言われたことがあった。

『皇華の女の子には生半可《なまはんか》な気持ちで手を出すな』

それは大事に育てられている箱入り娘ばかりだから、という意味ではなく、中途半端に関わると面倒なことになるぞという警告だ。

車送迎必須なうえ警備も厳重な皇華は、セキュリティをなにより重視する家には重宝されていた。

家柄的に婚約者がいる女の子も多いため、余計な輩《やから》に手を出されないためとか、他の男に目移りしないようにとか、とにかく閉鎖的なイメージが強い。

『婿候補として狙われでもしたら逃げられない』。だから『生半可《なまはんか》に手を出すと痛い目にあうぞ』ということだ。

よって皇華の女の子にどれだけ言い寄られても、応じるつもりはなかった。

それにその当時、僕も巧も荒《すさ》んでいた。

巧は中等部の頃に母親を病気で亡くしていたし、小児科開業医だった僕の父もガンで闘病生活中だった。

父は数年にわたる闘病生活の末、僕が高等部二年になる頃に亡くなった。診療所は父の大学の後輩に譲ることになり、僕と母は母の実家に身を寄せた。

父の生命保険があったし、母の実家も支援してくれたので経済的な心配はなかったものの、僕としては少しでも家計の負担を減らしたくて、成績上位者のみに与えられる返済不要の奨学金を申請して援助を受けた。

『母子家庭のうえ奨学金で学校に通っている』

そういう僕の身の上話が皇華で噂になると、僕は逆にそれを利用して近づいてくる女の子たちを退《しりぞ》けた。

梨本音々とは生徒会の交流で知り合い……彼女が僕に好意を抱いていることにはすぐに気づいた。

しかし彼女は周囲にもあからさまなほどの気持ちを向けてきながらも、積極的なアプローチはしてこない。せっかく生徒会という関わりがあるくせに、話しかけてくることもなくただ見つめているだけ。

だから僕も放っておいた。

優しく声をかけたこともなければ、期待させるような振る舞いもしていないのに、向けられる好意。

女の子たちは僕のなにを見ているのだろうか、と思ったことがある。

見た目？　成績？　将来性？

僕の中身などなにひとつ知らず、取り繕《つくろ》った表面だけを見て、そこに理想を押しつけて勝手な幻想を抱いている。

僕が高校を卒業した後に、思い余ったのか音々はやっと告白してきた。

『ああ、とうとう言ってきたか』という程度で、特に関心も持たなかった。

ただ、同じタイミングで巧の様子が変わった。

適当に女の子たちをあしらって、気がのれば遊んでいたくせに、いきなりそういう相手を切り始めたのだ。

父親の再婚に伴い巧には義理の妹ができた。彼女がかわいくてたまらないから他の女はどうでもいい、なんて噂が広まり始めたのもその頃だ。

僕はうまい断り文句を思いついたものだとしか思っていなかった。

ちょうど大学進学したことで共学になり、僕は医学部に入学したこともあって、余計に周囲は煩《わずら》わしくなっていた。

今まであれば通用していた断り文句も、大学の女の子たちには効かない。

むしろ苦労しているのが美徳、みたいなイメージを与えるようだった。

それなら僕も巧のように隠れ蓑《みの》をつくろう。

ちょうどいい具合に音々がいる。

彼女は都合よく扱いやすいタイプだ。無垢《むく》で純粋で、ちょっと考えが足りなくて鈍い音々。面倒な女たちをあしらうために、巧が義理の妹を利用したのなら、僕も音々を彼女役に仕立て上げればいい。

音々本人はともかく、皇華学園というお嬢様女子高出身のブランドは他の女への牽制《けんせい》に役立つ。

他人にも本人も悟られないように、僕は音々を彼女役として扱うことにした。

メッセージアプリの返事が数回に一度でも文句を言わない。

テスト勉強で会うのをデート代わりだと素直に受け入れる。

忙しいと言えば素直に信じ、会えない日が続いても疑いもしない。

僕からのアクションを素直に待つだけの受け身の女の子。

煩《わずら》わしさが一切ない音々は、思った以上に便利で都合のいい存在だった。

音々が二十歳になるまでは性的な関係にもならなかった。それは音々が大事だからではなく、僕自身の保身のため。

未成年のうちに安易に手を出して、責任を取れなんて言われたくなかったからだ。

それに音々は生粋《きっすい》の皇華女子だ。

案の定、高校を卒業すると身内から男性を紹介されるようになり、二十歳直前にはお見合いを繰り返して将来の候補者を絞るようになった。

僕との交際は、表立って反対されてはいなかったようだけれど、大学生の間の火遊びとして目こぼしされていたに過ぎない。

いずれ彼女も気づく時がくる。

僕との関係に不満を持つようになるか、仕方なく親の言いなりになるか、どちらにしてもいつか僕たちの間に別れはくると思っていた。

だから実際に音々に別れを切り出された時にも『ああ、やっと言ってきたか』と告白された時と同じ感覚しかなかった。

予想外にあっさりとした別れ話に拍子《ひょうし》抜《ぬ》けしたほどだ。

ようやく子どものお守から、おままごとのような付き合いから解放されて自由になった気さえしたのに。

「明樹。おまえどうしたの？」

「巧」

飲食も歓談もせずにぼんやりと座ったままの僕の隣に、今日の主役がやってくる。

「俺が結婚して寂しいとか？」

「おめでとう。ようやく姫を確保できてよかったな。おまえにしては時間がかかったけど」

巧の戯言《ざれごと》など無視をして一応祝福の言葉を贈る。

「うるさい」

騒ぎの中から抜け出してきたくせに、視線だけは彼女から離さずに、砂を吐きたくなるような甘ったるい空気を出す。

（本当に……こいつは）

「さっき音々に会った」

「は？」

「ここで音々が働いていた」

巧が「ねね？」とわけのわからないイントネーションで呟いた。

どうやら、すぐにはなんのことかわからないようだ。

巧は義理の妹の様子を知らせるよう彼女に頼んでおきながら、きっと名前なんて認識していなかったに違いない。

「音々って……おまえの仮彼女《かりかの》だった女？」

「仮彼女って」

思ってもみない単語を発されて、僕のほうが面食らう。

なんだ、その認識は。

「おまえが彼女役に選んだ女だろう？　確か真尋の様子を知らせるように頼んだ皇華の女。素直で単純で扱いやすそうな」

実際、その通りではあるけれど、あまりにも身も蓋《ふた》もない言い方だ。

「でも、おまえにとって『特別』だった」

巧は、にやりといやらしい笑みを浮かべた。

俺様御曹司にお似合いの不遜《ふそん》な態度。

「別に『特別』なんかじゃない」

「どの女との付き合いも長く続かなかったけど、彼女のことだけ、おまえからは切らなかった」

それは、切る必要などないぐらい煩《わずら》わしさのない相手だったからだ。

「だから結局、おまえが振られた唯一の女だろう？　俺が海外に行っている間だったから、おまえが荒れて大変だったたってこの間あいつらに聞いた」

「別に、荒れてない」

いつの間になんでそんな話をしているんだ。

確かに音々と別れたのは、巧が海外に行った後だ。

だからこの男にはそんなこと一切教えなかった。よりによって音々から別れ話をされたなんて知られれば、こんな風にからかわれると思ったから。

そうだ。僕は荒れていない。

電話で済ませる程度のあっさりとした別れ話だったから、僕の想定とずれていたからなんとなく腹立たしかっただけで。

「再会して動揺しているくせに？」

「動揺していない」

「ふうん、まあ、いいけど。それにしてもこのお屋敷で働いていた、ね……ああ、だからさっきからおまえ高遠さんに睨まれているんだ。結愛ちゃんに色目でも使ったのかと思ったけど、そうか」

「は？」

「まあ、じゃあ今度はおまえのお手並み拝見といこうか」

「なんだよ。それ」

幸せいっぱいの男は頭のねじが一本どこかにいったのだろうか。

巧はわけのわからないことを言い捨てて、僕の両肩をぽんっと叩いて去っていく。

あいつの言う通り、僕にとって音々はただの『彼女役』だった。

音々のことを表向きは『彼女』として扱い、本人にもその気にさせたけれど僕は違う。

特に彼女に好意を抱いていたわけじゃない。

便利で都合がよくて扱いやすいから……そして『彼女役』をこなしてくれたから、僕も気が向いた時に見返りを与えていたにすぎない。

巧のように執着するほどの感情など持たなかった。

それなのに、僕は音々と再会したことになぜか苛立ちを覚えている。

(そう。なぜ結婚して海外にいるはずの彼女が、このお屋敷で働いているのか知りたいだけだ)

こんなわけのわからない状況が気持ち悪くて、だからきちんとした説明が欲しいだけだ。

音々は連絡してくるだろうか。

もしかしたら、してこないかもしれない。

でも彼女はこのお屋敷で働いている。居場所はわかっている。

(音々、無駄な抵抗はするなよ。僕が納得するまで逃げるのは許さない)

そのためにも僕は緻密《ちみつ》に計画を練らなければならないのだろう。

とりあえず難関を攻略することから始める。

僕は音々の雇用主である高遠駿に、話をつけにいくことにした。

＊＊＊

もしも明樹くんに会ったらなんて、想像しても対策など思い浮かばなかったから、私はあまり考えないようにしていた。

とにかく借金返済が終わるまではこのお屋敷で働くのだし、ここにいる限りほとんど外に出る必要はない。

そもそもプライベートでも外に出かけようなんてあまり思わなかった。

だから明樹くんに会うなんてありえないことだったのだ。

「夢……悪い夢。明樹くんに会うなんて……」

私はおかしな人のようにぶつぶつと呟きながら、とりあえずお屋敷の厨房《ちゅうぼう》に隠れることにした。

今はここで食器を洗おう。そうしよう。

お食事会のために特別に準備された食器類は、食洗器が使用できないものも多い。

巧さまを認識した時点で、私は明樹くんがいることまで想定すべきだった。

そうすれば上手に避けることもできただろうし、ここで働いていることもバレずに済んだ。

(でも――明樹くんカッコよかったな……)

私は高校生の彼も大学生の彼も知っている。

大学生になっただけで、すごく大人びているように見えて私服姿が眩しかったこと。

体重や身長は変化していないはずなのに体格が違ってきたこと。

少年から少しずつ大人に変化していく様をずっと見てきた。

三年ぶりに会った明樹くんは、また一段と素敵な大人の男性になっていた。

医学部を卒業して彼はきっと医師として働いている。

学生の頃は、お父様と同じ小児科医の道に進むか、お父様を襲った病気を治療する道へ進むか悩んでいると言っていた。

結局どういう道を進んでいるのかな。

まだ研修医期間中だから決めていないかもしれない。

あんなお医者様がいたら、患者として通いたいな。

いや、病気にはなりたくないから通わないほうがいいけど。

つらつら考えつつも、手だけは動かす。

私も清さんに鍛えられたおかげで、どんなにぼんやりしそうになっても体だけは動くようになった。

「梨本さん、グラスの扱いには気をつけてくださいね」

本来レストランの厨房《ちゅうぼう》で働いているスタッフの女の子が私に注意を促《うなが》した。

はっ、ワイングラスは気をつけないと……割ったりしたら借金が増える。

「このまま洗い場は梨本さんにお任せしていいんですか？」

「あ、うん。ごめんね。旦那様にそう指示されちゃったから」

「いえ、じゃあ私が運搬に入りますね」

「お願いします」

使用済みの食器は、会場内にいる斉藤さんや碧さん、清さんたちが廊下に出してくれる。それをワゴンで厨房《ちゅうぼう》まで運ぶのが本来の私の仕事だった。

でも明樹くんとのただならぬ気配を感じた高遠さんが配慮してくれて、業務変更を命じたのだ。きっとお食事会が終わるまで、明樹くんがいなくなるまで私は厨房《ちゅうぼう》にいることになる。

私は、明樹くんの名刺をしまったポケットの上をそっと撫でた。硬い紙の感触が、さっきの再会が私の妄想ではない証拠となっている。

『音々。必ず連絡して』

明樹くんはそう言った。

私のことなんかとっくに忘れて、過去のものになって、たとえ再会したって無視されるか、蔑《さげす》まれるかどちらかのような気がしていた。

だから正直彼が連絡先を私に教えるなんて、会って話したいなんて言うと思っていなかった。

いや、ただ単に海外にいるはずの私が日本にいたから、説明がほしいだけかもしれない。

明樹くんは疑問に思うと、自分が納得するまで突き詰めるタイプだったし。

それはそれで、会うのが嫌なんだけど。

明樹くんのしつこい追及から逃れられるとは思えない。

私はきっと自分の身の上を洗いざらい吐くことになる。

私がついた嘘を、隠したかった私の現状を――

私は洗い終えたワイングラスをクロスで拭きながら悶々と考える。

明樹くんが望むのであれば、たぶん私は正直に話したほうがいいのだろう。でもそんな風に思えるのはきっと、高遠さんからもうすぐ借金の返済が終わると聞いたからだ。

もう誰にも迷惑をかけずに済むのだという目途《めど》が見えたからだ。

そしてほんの少しだけ……やっぱり明樹くんに会えて嬉しい気持ちがあるせい。

（私、明樹くんのことやっぱりまだ好きなのかな……）

だって、明樹くんとの再会にびっくりして少し後ろめたいのに、久しぶりに会った彼にときめきを覚えている自分がいるもの。

あの頃の私は、自分は明樹くんの恋人だと思っていた。

たとえ明樹くんの気持ちが見えなくても、交際年数が長いだけで中身は薄い関係でも、もしかしたら私以外にも付き合っている人がいたかもしれなくても。

明樹くんに再会したらどうするかなんて考えたことなかった。

だからこの時も私は、明樹くんに必ず連絡しようとか、絶対しないとか、そんなこと考えもしなかったのだ。

＊　＊　＊

皇華は、中高時代は車送迎が必須となっている。大学はさすがにそんな規則はないけれど、私は結局ほとんど送迎されて通っていた。

お屋敷で暮らし始めてからも、外に出るのは美容室と歯科医院に通う時ぐらい。

今のご時世ほとんどのものはインターネットで手に入るし、高遠家には当然のごとく御用聞きの方がいらしたので、私は結愛ちゃんが頼む際に便乗させてもらっていた。

そして外出が必要な時も、高遠家のお抱え運転手さんに送迎してもらっていた。

つまり――私は公共交通機関を使った経験がほとんどない。

というわけで今夜も高遠家の運転手さんに送迎してもらって、数年前まではランチを楽しんでいた高級ホテルのエントランスにいた。

「では梨本さん、お迎えが必要なら遠慮なくご連絡ください」

「あ、いえ、タクシー使います」

「そうですね。タクシーを使うか私を呼ぶかどちらかにしてくださいね。決して一人で帰ろうとしないように」

「はい、肝《きも》に銘じます」

一度、挑戦して電車に乗ったら、えらいところに行ってしまってご迷惑をかけたことがあるため、私に信用などない。

だって、〇〇行きって書いてあるだけじゃ、どこに行くのかわからないんだもの。

こんなんじゃいけないなと思いつつ、最初は金融業者が怖くて、その後は知り合いに会うのが怖くて外に出なかった。

だから私にはそういった経験値が圧倒的に足りない。

「お屋敷出たら私、生きていけるのかな」

いや、生きていかなければならないのだろう。いつまでも甘えていては自立できない。

ともあれ今は自分の自立以前に、戦わなければならない相手がいる。

私は今夜、明樹くんに呼び出されて、なぜかホテル最上階のレストランに行かなければならないのだ。

巧さまたちの結婚式の日、お食事会が終わって後片付けが済んだ後、案の定高遠さんは見逃《みのが》してくれなくて、私は書斎にしずしずと向かった。

そうして明樹くんに連絡をするように命じられたのだ。

高遠さんは明樹くんからも私たちの諸々《もろもろ》の事情を聞いたようで、彼ときちんと話をしたほうがいいと言ってきた。

高遠さんは私が本気で嫌だと言えば、きっとなんらかの対策をとってくれたのだと思う。

でも、私自身どうすべきか悩んでいたし、忙しい高遠さんを私のプライベートなことにこれ以上巻き込むわけにもいかなくて、彼のいるその場で明樹くんに連絡をした。

そうして明樹くんと諸々《もろもろ》の連絡先を交換して、今夜とうとう会うことになったのだ。

会うのであれば、お屋敷近くのカフェとか公園とかがいいと申し出たにもかかわらず、明樹くんは応じてくれなくて、ホテルの高級レストランを指定してきた。

私が明樹くんに抗《あらが》えるはずもなく、言う通りにするしかなかったのだ。

(こういう場所、むしろ明樹くんと付き合ってた時には来たことなかったなあ)

車を降りて私はぼんやりとホテルを見上げた。

本来ならデートの定番っぽい場所なのに、振り返れば遊園地とか水族館とか行ったこともなければ、イルミネーションを見たりとかおしゃれなレストランへ行ったりとかもなかった気がする。

明樹くんは苦学生だと思っていたから、デートは基本割り勘だった。

お金のかからない学生らしいデートとなれば、公園やカフェや図書館だった。

まあ、そんなにデート回数自体も多かったわけじゃないけどさ。

私は明樹くんに会えるだけで舞い上がっていたから、あの当時は疑問にも思わなかったけど。

付き合っている時でさえ行かなかった場所に、別れて数年経って来ていることがなんだか不思議だ。

会う場所がホテルのレストランなので、今夜の私は本当に久しぶりに着飾っている。

といっても派手さはない。

結愛ちゃんが堅実でけっこうおとなしめな服を選ぶので、私もなんとなくそんな系統を選ぶようになった。

だから今夜も、ベージュのワンピースだ。

スカートの一部にだけプリーツが入っていて、ウエスト部分に細い飾りリボンがついているのでシンプルなのに少し甘めな感じ。

そこにオフホワイトの薄手のコートを羽織っている。

昔はカラーリングしたりパーマをかけたり華やかにしていたけれど、美容室に行く頻度を減らすために、今は黒髪の伸ばしっぱなしロングヘアだ。だから久しぶりに毛先に緩くアイロンをあてて巻いてみた。

今夜は明樹くんに、正直に私の抱えている事情と経緯を話して、嘘をついたことを謝罪しようと思っていた。

でもちょっとだけ浮かれている気もする。

わからないな。

あまりにも明樹くんがカッコよくなっていたから、少しでも見合うように、私も大人になったと思われたいのかもしれない。

ただの見栄かな。

もう皇華のお嬢様だった私はいない。

でもたとえ落ちぶれてしまったとしても、せめて彼の隣にいる時ぐらいはあの頃の自分のままでいたい。

私はロビーを抜けると、上品な宿泊客に混じりつつエレベーターに乗り込んだ。

いざ、出陣！

レストランに到着して待ち合わせであることを伝えると、スタッフはすぐに個室へと案内してくれた。

そこにはすでに明樹くんが座っていて、私は慌てて近づく。

これでも早めに来たんだけど、相変わらず明樹くんはそつがない。

「あの、お待たせしました」

「いや、待ってないよ。音々、慌てなくていい」

結婚式の日のフォーマルな格好もものすごく素敵だったけれど、今日のネクタイとジャケット姿もまるでモデルさんみたいだ。

高貴な雰囲気の王子様ぶりに、さらに磨きがかかっている。

私は少し見惚れながら明樹くんの前に腰をおろした。

お部屋はちょっとお屋敷っぽい雰囲気。

天井からぶら下がるのは繊細な飾りが輝く、クリスタルのシャンデリア。シルバーのダマスク柄の壁紙にこげ茶の窓枠。そしてその向こうには夜景が広がっている。

テーブルの上にはガラスのキャンドルフォルダーが置かれて、蠟燭《ろうそく》の火が仄かに揺らめいていた。

小さな個室のせいか距離が近くて、二人きりであることを強く意識する。

「音々は、アルコールはどうする？　僕と同じでシャンパンでいい？」

私は一瞬悩んで頷いた。

二十歳になってアルコールが解禁になった時、明樹くんからは僕がいない時は飲まないようにと言われていた。

だから、基本あまり飲んだことがない。

今夜は明樹くんが一緒だし、できれば緊張を和《やわ》らげるためにもアルコールに逃げたかった。

スタッフからアレルギーや苦手な食材について聞かれて、大丈夫だと答える。

場所を指定された時点で予想はついていたけれど、個室でイノベーティブフレンチとくれば時間はたっぷりかかりそうだ。

つまり、ゆっくり話ができる。

「じゃあ、僕たちの再会に乾杯」

気障《きざ》な台詞《せりふ》だと思うのに、明樹くんが言うと様になるんだよね。

私たちの再会に乾杯するようなめでたい要素なんかひとつもないのにさ。

シャンパンのグラスを掲げて一口飲んだ後、小さなアミューズをいただく。

フォアグラのパテをシュー生地で包んでいてお菓子みたいだ。アクセントにゆずの香りがする。

お屋敷のレストランも、一応フレンチレストランという括りになっているし、店構えも洋風だけれど、実際のお料理自体には和食テイストが混じっている。

ソースに鰹節《かつおぶし》でとったお出汁を使ったり、お魚は昆布で〆たりと言った具合にだ。

最近は昔ながらの重厚なフレンチではなく、あっさりした味わいで見た目も楽しめるお料理がはやっているようで、料理長も日々精進しているのだ。

「音々、結婚はしたの？」

明樹くんは前置きが一切ない。

無駄なことが嫌いで効率重視の彼らしい。

テスト勉強を教えてもらっていた時も『ここと、ここと、ここは押さえて。あとは音々には性格的に合わないから捨てていい。でもここは苦手でも確実に出るからちょっと練習しよう』という感じだった。

勉強に性格なんて関係あるのかと思ったけれど、多分私にニュアンスが伝わるようにそういう言い方をしていたんだろう。

「結婚は……してない」

したけど離婚したとか嘘をつこうかとも思ったけれど、そこに意味が見いだせなかったのと、もうこれ以上嘘を重ねるのが嫌で正直に答えることにした。

「海外には？」

「行ってない」

「じゃあ、僕と別れたのは純粋に僕が嫌になったからか」

「違う！」

フォークがお皿にあたってカチャッと音がした。

明樹くんはどことなく冷めた目で私を見ている。

きっと私が嘘をついているかどうか見極めるため。

なにが真実か判断するため。

「おばあさまが亡くなったの」

「それは知っている」

うん、そうだよね。連絡がきた時ちょうど明樹くんが居合わせて、動揺していた私を病院まで連れて行ってくれた。

「そのあとおじいさまが病気になって入院したの。復帰は無理だってことになって会社は父が継いだ。でも経営がうまくいかなくて、いろいろ責任を取らされて会社を追い出されたの。同じぐらいにおじいさまも亡くなった」

多分そのあたりのことはあの当時の明樹くんは知らなかったはずだ。

彼は彼で大学が忙しくなったし、元々私から連絡しなければ彼からのアクションはあまりなかった。だからいつのまにか連絡は滞《とどこお》っていた。

私のほうも、あれよあれよという間に状況が変化したし、会社内のそういったいざこざが表に出ると株価に影響しちゃうから、ほぼ水面下で話は進んでいった。

私にだって寝耳に水状態だったのだ。

父は解雇され、祖父を失い、そんな中で判明した母の借金。

そんなこと誰にも相談できなかった。むしろ明樹くんには知られたくなかった。

明樹くんはわずかに眉根を寄せた。

「その頃ストレスからか母が散財していて、金融業者にかなりのお金を借りていたの。その借金返済が必要になって……偶然知り合った結愛ちゃんの旦那様——高遠駿さんに助けてもらったの」

いろいろ細かい部分は端折《はしょ》ったけれど、まとめてしまえば事実はそうだ。

次のお料理が運ばれてくる。

明樹くんは少し考え込んでいた。

「それって僕と別れる必要あった？」

「借金返済を迫られて、金融業者に追いかけられていたの。恋人がいるならそっちにお金の工面を頼むかって言われた瞬間、明樹くんを巻き込みたくないと思った。明樹くんに迷惑をかけたくなかった。それに……」

私はためらいつつも、多分あの時の本音だったものをさらす。

「一番は、こんな状況になったことを明樹くんには知られたくなかった。私のちっぽけなプライドだね」

そう、巻き込みたくないとか、迷惑かけたくないとか以上に、落ちぶれた私を知られたくなかった。

「ふうん。僕に迷惑をかけたくない、知られたくない。だから婚約者と結婚して海外に行くなんて嘘をついて、僕に別れ話をしたってことね」

「おっしゃるとおりです。だから明樹くんが悪いわけでも、嫌になったわけでもないの」

私はナイフとフォークをお皿に置くと、頭を下げた。

「嘘をついてひどいことを言って、明樹くんを傷つけてごめんなさい」

嘘をついた。別れ話をした。ついでに貧乏が嫌だなんてひどい言葉まで吐いた。

たぶんそこまで言う必要はなかっただろう。

もっと単純に『別れましょう』と言うだけで、明樹くんはあっさり応じたはずだ。

今ならわかるけれど、あの頃は明樹くんに本当のことを知られずに、どうしたらうまく別れられるかに必死で、そこまで気が回らなかった。

「借金はいくら？」

私が金額を言うと、さすがに明樹くんは呆れたようにため息をついた。

「高遠さんに肩代わりしてもらって、その代わりにあのお屋敷で働いているのか？　君のご両親は？」

「母は一時期入院していたんだけど退院後は親戚のところに身を寄せた。父は会社の重圧から逃れられて逆にほっとしたのかな。伝手《つて》を頼っていろいろやっていたけど、今はたしかマグロ漁船に乗り込んでいると思う。借金返済は父も協力してくれているけど、母の親戚は母の面倒見るだけで手いっぱいだから」

そう。

散財することが母のストレス発散だったらしく、それを禁止されたせいで母はちょっと鬱《うつ》っぽくなった。借金をしないように母の親戚が見張りも兼ねて世話をしてくれている。それだけでも大感謝だ。

父は最初こそ呆けたようになっていたけれど、高遠さんの伝手《つて》でいろいろやっていくうちに、今はなぜかそっちに走ってしまった。

でも会社勤め時代より、肩の力が抜けてのびのびしているみたいだしいいかと思っている。

今までお金をかけて育ててもらった分、私が返していけばいい。

それはきっと明樹くんと付き合っていたから生まれた考えだ。

彼は堅実に生活していて、私もそれに感心していた。

そうでなかったら、私だって母のようになっていたかもしれない。

「返済の目途《めど》は？」

「うん、予定通り少しずつ返している」

もう返済が終わりそうなんてことは口にしなかった。

「返済するまではあのお屋敷で働くの？」

「うん」

それからは食事をしながら、たあいもない話をした。

明樹くんが医学部を卒業後に勤めている病院のこととか、巧さまの結婚話の裏事情とか、まるで昔みたいに——つまり当たり障りのない会話だけで終わる意味のないもの。

私は今さらに、明樹くんとの数少ないデートを思い出していた。

私は明樹くんと過ごせるだけで、一緒にいるだけで本当に楽しくて幸せで、それだけで意味や価値を見出《みいだ》していた。

でも今こうして話しているとわかる。

明樹くんにとっては多分無意味な時間だった。

気分転換にも癒しにもならない、ただの暇つぶしのようなものだった。

だってこうして食事をしていても、元恋人同士っぽい色っぽい空気なんか微塵《みじん》もありはしない。

高校時代の生徒会関係の知り合い程度のもの。

(そうかなあとは思っていたけどね……やっぱりだったな)

うん。あの頃の私は――明樹くんの恋人ではなかった。

そしてきっと愛されてもいなかった。

久しぶりに明樹くんに会って、私はそのことを強く強く実感していた。


食事を終えてレストランを出たところで私は封筒を差し出す。

「なに？」

「お食事代」

一応、お金を多めにいれてきてよかった。

飲み物やサービス料などある程度の金額がわかるのは過去の経験の賜物《たまもの》だ。賜物《たまもの》だと思っていいかはわからないけど。

「いらない」

「でも、私明樹くんにご馳走してもらう理由ない」

昔だって割り勘だったのだ。

それに恋人でもない今は、余計に借りはつくりたくない。

だって借金って怖いもの。

「借金返済に充《あ》てれば？」

「それとこれとは別だから」

明樹くんは、じっと私を見る。

多少睨んだぐらいじゃ怯《ひる》みませんよ！　伊達《だて》に長く一緒にいたわけじゃないし、見つめていたわけでもないんだから。

「音々は——昔から頑固《がんこ》なところがあるよね」

「そうかな？」

「わかった。受け取る」

明樹くんはそう言うと、私の差し出した封筒をとってジャケットの内ポケットにしまう。

私はなんとなく大仕事を終えた気分だった。

嘘もつかずに説明できたし、多分これで明樹くんも喉のつかえがとれたに違いない。

私がお屋敷にいた理由がわかってすっきりしたはずだ。

もう会うことはないだろうけれど、もし再会したらどうしようなんて不安も半分減った。

（これでよかったのかも……）

再会したのはびっくりだったけど、いつかお屋敷を出ることになった時は、明樹くんのことを気にせずに、決断できるだろう。

エレベーターを待ちながら、私はそっと隣に立つ明樹くんに視線を向けた。

元気そうでよかった。

お医者様になれてよかった。

巧さまも結婚したから、次はきっと明樹くんだ。

食事の間、明樹くんに恋人がいるかどうかは考えないようにしていた。

いないわけがないと思うけど、仕事が忙しそうだからいないかもしれない。

でも、もう私には関係ない。

到着したエレベーターは誰もいなくて、私は乗るとロビー階のボタンを押す。けれど明樹くんは宿泊階のボタンを押した。

「あ、明樹くんはお泊まり？　じゃあ、ここでお別れだね」

一瞬嫌な想像をする。

え、このホテルに今夜は泊まるのかな。もしかして今から彼女と会うんだったりして。

レストランの個室から見えた夜景は素敵だったから、きっと部屋からも綺麗に見えるだろう。

胸がつきんと痛んで、自分でもびっくりする。

「音々にとって僕との再会は……そんな風にあっさり終わらせられるものなんだ」

え？

明樹くんの声が一段と低くなる。

明樹くんがボタンを押したフロアにはすぐに到着して、明樹くんは降りていく。

私の腕を掴んだまま。

「はっ、明樹くんっ!?」

無情にもエレベーターは扉を閉めて行ってしまった。

な、なんで!?

「廊下で大声は出さないで」

「でも、でもっ」

絨毯《じゅうたん》張りの廊下を明樹くんは私の腕を掴んだまま足早に歩く。

薄暗い照明の中に無機質なドアが並んでいて、明樹くんは目的の場所につくとカードキーで鍵を開けた。

そして私を部屋に押し込める。

「音々、僕は君の謝罪を受け入れた覚えはない」

え?

そうして明樹くんは私の腕をやや乱暴に引いた後、私の体をベッドに押し倒した。


私の顔の横に腕をついて明樹くんは私を見下ろす。

カーテンが開いたままの窓から漏れる月の光と、壁際に置かれたスタンドライトだけが室内を照らしていた。

光を背にする明樹くんの表情は彫像のように硬質で綺麗だ。けれど目だけが鋭く私を刺す。

部屋に恋人がいなかった安堵《あんど》と同時に、覆いかぶさった明樹くんに身の危険を感じて私は硬直する。

ええと『謝罪を受け入れた覚えはない』と明樹くんは言った。

確かに私が謝った後『いいよ』とか『許すよ』とか言われなかったけれど、そのまま世間話になったから許されたのだと思っていた。

ひええ。

つまり、許せないってこと？

勘違いだった？　あれ？　空気読み間違えた？

それでどうしてホテルの部屋に連れ込まれて、ベッドに押し倒される羽目になるの？

「僕たちが別れて三年。君にとってはどうやらとっくに過去のようだけど、僕は違う」

明樹くんは私の上に跨《またが》ったまま上体を起こした。

そしてなぜかジャケットを脱いで床に放り投げる。

は、明樹くんせめてハンガーにかけないと皺《しわ》が……つい思考が使用人モードになる。

っていうか、台詞《せりふ》通りに受け取ると、まるで明樹くんが別れてからも私のことをずっと想っていたとか、引きずっていたとかみたいに聞こえるけど、違うよね!?

「は、明樹くんにとっては、もう過去のことじゃないの？」

一応確認する。今度は読み間違えないようにしないと。

「過去じゃない」

「でもそれって今でも私のことが好きとか、そういう意味じゃないよね？」

自惚《うぬぼ》れてないよ、ただの確認だよ。

だってそんな甘ったるいような、どこか切ないようなもの、彼からは一切感じないもの。

「どうして？」

いや、私が聞いているんだけど、どうしてネクタイ外すの！

シャツのボタンまで外さなくていいんだけど！

着替えるなら私の上をどいてからにしてっ。

「だって明樹くん、昔から私のこと」

ドキドキするのは、明樹くんが怖いせいなのか、色っぽいせいなのか、これを言ったらおしまいだと思っているせいかわからない。

ただ口から心臓が飛び出そうなほど緊張している。

「明樹くん……一度も私を好きだったことないでしょう？」

ボタンを外し終えたところで明樹くんの手が止まった。しなやかな胸元のラインが見え隠れする。

緊張に興奮も加わってきた。ついでに今頃アルコールの影響か体が火照《ほて》ってくる。

明樹くんは驚きに目を見開いていた。

（あ、やっぱり……）

予想はしていたけれど、こうして正解を見せられると、いくらあれから三年経っていても傷つくなあ。

「な……」

「あの頃は全然気づいていなかったんだけどね。別れてから……落ち着いて冷静に振り返ってみたら私、全然恋人じゃなかったなって。それに明樹くんには一度も好きって言われなかったし。でもそっか、やっぱりそうだった。はは」

当然と言えば当然だ。

だって明樹くんの周囲には、私なんかより数倍素敵な女子がわんさかいた。

選び放題だった。そんな中から私みたいなおこちゃまを選ぶ必要性なんかなかった。

付き合っていると思っていたのは私だけ。

彼の恋人だと思っていたのは私だけ。

高校三年生から大学四年生の途中までの、約五年という短くはない月日。

私は夢の中にいて、身勝手な思い込みの世界に浸っていた。

それは明樹くんがとても上手にそう思い込ませたからだ。

きっと優秀な結婚詐欺師にだってなれたに違いない。

よかったよ。お医者様で。

明樹くんは息を吐くとすっと目を細めた。そしてなぜか私の頬に手を伸ばす。

そっと目尻を撫でられて、私は自分が泣いていることに気づいた。

う、嘘。今さらじゃん。

ここで泣くのは惨めでしょう。

好かれていなかったのなんて当然なのに、私が勝手にのぼせて浮かれていただけなのに。

むしろちょっとでも暇つぶしに、一緒に過ごす時間をもらえていただけ感謝しないと。

明樹くんは無言で考え込んでいた。

嘘をつこうかどうか迷っているのかな？　うーん、もうそんな演技も誤魔化しも必要ないんだけど。

そうしてなぜか明樹くんはシャツを脱いで上半身裸になる。

だからっ、さっきからどうして脱ぐの！

「明樹くん？」

無言のまま明樹くんはベッドの上に視線をさまよわせる。そうして目的のものを見つけた明樹くんは、私の両手を頭の上で固定すると、手首にさっきまで彼の首元にあったネクタイを巻きつけた。

え？　え？　え？

きゅっと痛くない程度の力で縛られる。

ぶわっと背中に鳥肌がたつ。

ホテルの部屋のベッドの上で両手を縛られた状態で、上半身裸の男性に跨《また》がられている図。

それの意味するところは――わかりそうでわからないのは、相手が明樹くんのせい。

明樹くんはやっと私の上からどいた。

そして私のヒールを脱がす。まるで介護をするように私の背中を起こしてワンピースのファスナーをおろした。そういえば腕にかけていたコートもバッグもどこに行った？　部屋の入り口で落としたまま？

ワンピースの袖《そで》が抜けないことに気づいた明樹くんは、一度ネクタイをほどいて少し乱暴にワンピースの袖《そで》を抜き、ついでにキャミソールの肩紐も落として再度手首を結び直した。

その間、素早すぎて私は一切抵抗できない。

ワンピースとキャミソールはあっけなく足元から抜かれて、私は下着とストッキングだけの姿になった。

「大人になったな、音々」

「は、明樹くん、待って。ちょっと待って。どうして？」

部屋の明かりは部屋の隅のスタンドライトだけ。でも薄雲さえ晴れたのか、月の位置が変わったのか淡い光がベッドに差し込んでくる。気づかなかったけど今夜って満月だった？

「明樹くんっ！」

これ、これって私襲われているんだよね？　一歩間違えれば強姦だよね？

いや……確実にそれだよ！　同意がなければ。

明樹くんは自分のズボンのベルトとボタンを外す。けれどそれ以上は脱がずに再び私の上に跨《また》がった。

同意、同意がなければダメなやつ。

でも、でも私は――

凄まじい明樹くんの色気にくらくらする。

数年ぶりに再会した初恋の一応元交際相手に、下着姿をさらしているのに、そっちよりも明樹くんの素敵な裸体が気になる私はバカだ。

明樹くんはじっと私を見下ろした。

私の体のラインや肌をチェックするスキャンのマシーンのように視線を動かす。

そう、そんな感じなのだ、明樹くんは。

私を襲おうとか、性欲発散してやるぜ、みたいな獰猛《どうもう》さとかではなくて、ただただ冷静に私の体を診る、そうまさしくお医者さん目線！

「でも下着には色気がない」

それはっ……それはそうだよっ。だって色気のある下着なんて必要ないもん。

シンプルだけど野暮《やぼ》ったくないし機能は充分果たしている。おっぱいは垂れないように、お腹は冷えないようにだ！

部屋は適度な温度設定がなされていたようで寒くはない。でも彼に見られていると思うだけで肌が粟立《あわだ》つ。

「明樹くん、腕ほどいて！　服着たいっ」

「腕はほどかない。音々に余計な抵抗はされたくないし、逃げられたくないからね。服も今はだめ」

「なんでっ」

「言っただろう？　君には過去でも僕にはそうじゃない。僕はね、音々」

明樹くんは私の頬にかかった髪をゆっくり払った。

そうして首筋から肩、腕へと指先でたどっていく。

「僕は君と別れてから――ダメになったんだ」

ダメになった？

ダメ？　ダメってなに？

明樹くんの指は胸の下からあばらへと移って腰骨をなぞる。

そしてストッキングを手にすると、ゆっくりと下げていった。反射的に脚を動かしかけたけれど、それで明樹くんを蹴ったりして傷つけるのが怖くてなにもできなかった。

明樹くんはするすると器用に脱がしてしまう。

「君と別れて、何人かの女と関係を持とうとした。でも無理だった。こういう言い方じゃ鈍い音々には伝わらないかな」

何人かの女、と言われて私はぴくりと体を震わせた。

あって当然なのに、嫌だって感情が生まれる。嫉妬《しっと》を覚える。

その感情がなにを意味するか私は知っている。

「音々、僕は君と別れて勃たなくなった。ＥＤ、勃起不全、勃起障害。さあ、ここまで言えば理解できるかな？」

勃たない、ＥＤ、勃起不全――

今度は私が大きく目を見開く番だった。

私の手を恭《うやうや》しく持った明樹くんは、その手をあろうことか自分の股間へと誘《いざな》う。

「君のこんな姿を見ても……僕の息子はまだ眠ったままだね」

うっとりとした表情で明樹くんがそう呟く。

確かにそこにはなんの感触も、いや、ふにゃっとしたやわらかな感触だけがあった。

「う……そ」

「嘘じゃない。僕がこうなったのは君のせいだ。君には責任をとってもらう」

そう言うと私の指先を掴んで、そしてそっと舌で嬲《なぶ》った。


は、明樹くんが――役立たずになった。

私のせい⁉　本当に私のせいなの？

「お、お仕事が忙しいせいじゃなくて？」

「仕事ぐらいで勃たなくなると思うか、僕が」

明樹くんは、心外だとでも言いたげに目を細めて、冷たく言い放った。

いえ、思いません。

明樹くんは成績優秀だったし、なにをやらせても完璧だった。仕事なんてきっと朝飯前だよね！

「わ、私のせい？」

「そうだろう？　僕は君との交際中、君以外の女とはセックスをしていない。君と別れた後はしようとしたけれどできなかった。どう考えても君のせいだ。僕はもう三年も女を抱いていない」

明樹くんの言葉がだんだんと赤裸々《せきらら》になる。

微妙に怒りモードなのも伝わる。こうなってくると明樹くんはちょっぴりS度があがるのだ。

見るからに優しくて穏やかな好青年――の裏に潜《ひそ》むものを知っているのは、つまりは今でも私だけってことになる。

「女はイかせてやればある程度満足するし、君が大事だからだとでもいえば最後までしなくても納得する。でもそんな誤魔化しはいつまでも通用しないからな。結局すぐに別れる羽目になった」

う、う……ごめんなさい。

「だから音々。僕に謝罪をしたいなら、許してほしいなら、僕をきちんと治してもらおうか。君には治療に協力してもらう」

「治療？」

「そうだ。こんなの誰それと頼めることじゃない」

それはそうだよ！

優秀でイケメンで将来有望な明樹くんが――役立たずなんて多大なダメージだ。

男性にとっては死活問題だし、将来の結婚にだって差し支える。

私は今度は別の意味で震え始める。

私が嘘をついて別れ話をしたせいで……明樹くんにこんな影響を与えていたなんて、迷惑をかけていたなんて、思ってもみなかった。

男の人にとって、三年もセックスできないってきっと大変なことだ！

責任、責任とらなきゃ。そうだよ。私で役に立つなら、なんでもしなきゃ。

「は、明樹く……ごめんなさい、ごめんなさいっ！」

「音々。泣かなくていい。僕の治療に協力するかどうか答えてくれ」

「する！　なんでもする。明樹くんが治るまで協力する！」

「いい子だ、音々」

「ど、どうすればいいの？　私になにができるの？」

「そうだな、今夜はとりあえず僕と一緒に過ごしてもらう。高遠のお屋敷に連絡は必要か？」

そうだ！　帰る時はお迎えお願いするかタクシーで帰るならそれも伝えないと。

ええと、帰れないなら帰れないで……どうしたらいいの!?

今夜、明樹くんと会うことを知っているのは高遠さんだけだ。

でもって、帰りませんって報告するってことはどう考えても勘繰《かんぐ》られ案件だ！

場合によっては元鞘《もとさや》に戻ったと思われてしまう。

明樹くんは私のバッグからスマホを取り出した。

「音々、暗証番号」

「はい、○○○○○○」

「高遠家の番号は」

「検索で『お屋敷』。でも、なんて言えばいいの？」

「簡単だ。僕の言う通りに復唱すればいい。あとは僕が説明する」

「うん、わかった」

私はとにかく申し訳ない気持ちでいっぱいで、明樹くんに言われるがまま従った。

＊　＊　＊

音々があっさりスマホの暗証番号を告げる。

相変わらず、ちょろすぎて心配になるレベルだ。こういう部分は三年経っても成長が見られない。

僕は音々のスマホを彼女の耳元に押し当てると、僕の言う通りに言わせるべく反対側から小声で囁《ささや》いた。

「あ、旦那様！　梨本です。あの、あの今夜は立花さんと、そのっ……ホテルにこのままお泊まりをすることにっ」

後半、恥ずかしさからか声が小さくなっていく。

下着姿で手首を縛られたまま言う通りに告げる音々は、僕に妙な嗜虐心《しぎゃくしん》を植えつけてくる。

精神的な成長は一切見られなさそうなのに体は違う。

昔よりサイズが増した胸は谷間が艶《なま》めかしい。下着は色気が皆無《かいむ》のシンプルさだが、むちっとした腰から太腿《ふともも》のラインは好みだ。

とりあえず音々に簡単にしゃべらせると、僕はすぐにスマホを彼女から離した。

「高遠さん、立花です。ええ、今夜は彼女と過ごします。いろいろ誤解が解けたので、少しずつ歩み寄っていくつもりです」

『随分遠回しな言い方だね』

高遠さんに鋭く突っ込まれる。

誰にどんな受け止められ方をされても構わない言葉を選んでいるのだから当然だ。

「彼女のペースを守ってあげたいので」

『言葉通りだといいんだけど……まあ、彼女が嫌がらない限りは静観しよう』

「ご理解いただけて感謝します」

彼にはなんだかいろいろ把握《はあく》されていそうだけれど、邪魔をしてこない限りはこちらも様子を見るしかない。

『屋敷には必ず君が送るなり、タクシー使わせるなりしてくれ。明日の夜までには必ず帰すように』

「わかりました」

明日の夜まで――彼にしては随分サービスしてくれたようだ。たっぷり音々の時間を拘束できる。

これで攻略の第二段階はクリアだ。

第一段階は音々から必ず連絡をさせることと、今夜会う約束をとりつけることだった。

そして今、一時的とはいえ高遠さんの許可も出た。

ここから先は、僕の計画通りに事が進めば、あとはスムーズになるだろう。

音々のペースは守るけれどペース配分をするのは僕だ。彼女に合わせていたら時間が無為《むい》に過ぎるだけだ。それに彼女が僕の躾《しつけ》を思い出せば、最終的には僕のペースにもっていける。

通話を終えて、音々のスマホをベッドサイドに置くと、僕はあらためて彼女をじっと眺めた。

お屋敷で再会した時は、仕事の格好だったせいか驚きに支配されていたせいか、じっくりと見られなかった。

三年——それだけ経てば彼女も少しは大人になる。

高校生の頃のあどけない姿も、二十歳頃のかわいらしさも知っているのに……以降の彼女を知ることは叶わなかった。

いつのまにか髪が伸びて、年齢相応のメイクを施《ほどこ》している。無邪気さがなりを潜《ひそ》めて、そこはかとなくしっとりとした雰囲気さえある。

それは彼女が、急激に人生の変化を強いられたせいだろう。

けれど素直さや純粋さは相変わらず。

だから僕の言葉を疑うこともなく、容易に罪悪感を刺激され、こうして下着姿で手首を拘束されているのに抵抗さえしない。

「明樹くん……」

音々が縋《すが》るように求めるように僕の名前を呼ぶ。

一途に僕を見つめる瞳には昔と同じ光が宿っているように見えた。

(ああ、音々だ)

戸惑いながらも僕への信頼を隠さず、小さく怯えながらも僕を求める。

どくんっと体の中心に熱が集まるのを感じて、僕は久しぶりのその感覚に感動さえ覚える。

音々がすんなり信じてくれたから余計な手間はかけずに済んだけれど、彼女に伝えたことは嘘じゃない。

彼女と別れてから、僕は一切勃たなくなった。

何人かタイプの違う女と試してみたけれど、どれもダメだった。

ただ僕自身はそう深く悩んでいたわけじゃない。別にセックスなんかせずとも平気だったからだ。

女とセックスをしていない年数だけでいえば、僕なんかよりよっぽど巧のほうが長かった。

あいつに一度、セックスしなくて平気かと聞いた時、あいつは『真尋を想像すればいくらでも抜けるし、他の女に触りたいとも思わない。だから別にいい』と冷めきっていた。

だから僕も、触りたい女がいないせいでこうなっているだけなら、まあいいかと思っていたのだ。

けれど巧は彼女を手に入れた途端変わった。

自分の性欲がどこに隠れていたんだと思うぐらい歯止めが利かないとぼやいていた。

幸せそうなあいつを見て、ようやく少しだけ僕も焦りそうになった。

考えてみればもう数年も生身の女に挿入していない。

このまま枯れたらどうするべきか、本格的に治療すべきかと考え始めていたところに音々と再会したのだ。

僕にとっては、音々が日本にいたことも結婚していなかったことも驚きだった。

さらにお嬢様育ちの彼女には必要がないはずなのに働いていたことも予想外すぎた。

わけのわからない状況が気に入らなくて、説明が欲しくて会う約束を取りつけただけだった。

けれど今夜レストランで食事をしながら、聞かされた音々の話に驚くと同時に、僕は奇妙な興奮を覚えていたのだ。

音々が料理を口にする。唇についたソースをそっと舐めとる。

緊張しておどおどしながらも必死で説明をする。申し訳なさそうに目を潤ませる。

そして不意にやわらかな笑みを浮かべる。

純粋で無垢《むく》で、単純で鈍感な音々。

でも僕はそれ以外の彼女の姿を知っている。

腕の中でいやらしく乱れて、高い声を上げて、僕が欲しいとねだる彼女を。

食事をして話をしながら、僕は過去の音々の痴態《ちたい》を思い出していた。同時に、忘れていた雄としての本能を呼び覚まされるのを感じていた。

もしかしたら音々にならば僕の息子は反応するかもしれない。検証してみる価値は充分ある。

だから音々が化粧室へと席を立った隙にホテルに部屋をとった。

そしてうまく連れ込んで、ベッドに押し倒して服を脱がせてみれば、久しぶりに欲を感じた。

案の定、さっきから血液がどくどくと、ある一点に向かって集まっているようだ。

僕はあえてすっと力を抜くと、自身に冷静さを課した。

「音々、まずは僕への治療にあたって、君と性的行為を行《おこな》うことについての同意が欲しい」

音々を混乱させるために、あえて小難しい言い回しをする。

要は僕が勃起するためにセックスをさせろってことだけれど、彼女は理解できているだろうか。

「治療の……同意？」

「そう。君の同意が得られないと治療はできない」

手術だって本人と家族の同意が必要だ。

音々にはあえて治療の部分を強調する。

こんな格好をさせておいて今さら同意もへったくれもないし、どんな手段を使っても同意させるつもりだ。

しかしきちんと彼女の口から言質《げんち》をとりたい。

「音々、同意してくれる？」

音々は視線をさまよわせると、小さく「同意します……」と答えた。

ああ、やはり変わらない。音々のこの単純さが愛らしい。

「じゃあ、さっそく今から君には僕の治療に協力してもらう。君が怖がるようなことはしない。痛いこともしない。ただ今夜は僕に身を委《ゆだ》ねるんだ。僕が与えるものを素直に感じて」

「私、なにもしなくていいの？」

「ああ、僕もいろいろ確認したいから今夜はなにもしなくていい。その代わり音々は僕の手で乱れて」

言った瞬間、音々が目を潤ませて頬を染める。

そう、まずは確認しないと。

余計な手垢《てあか》はついていないか。変な癖は残っていないか。他の男の痕跡はないか。

「私……」

「僕とのセックスもう忘れた？」

「忘れてないっ……私は明樹くんしか知らないっ」

予想はしていても、音々の口から言われるとそれだけですぐに硬くなりそうだ。それをあえて理性で抑える。

彼女にセックスを教えたのは僕だ。そして僕と別れて以降も彼女は誰ともその行為をしていない。つまり体はすぐに思い出すだろう。

「そう。じゃあ思い出そうね、音々。忘れているなら僕が思い出させてあげるよ」

優しくそう告げると、そっと彼女の額《ひたい》にキスを落とした。

「まずは治療にあたっての準備だ。セックスをするためのマナーを音々は覚えている？」

音々はほんの少し考え込んだ後、視線をそらして恥ずかしそうに呟いた。

「……下着とお手入れ」

「正解。下着は、今度から僕のほうで好みのものを準備しよう。さすがに実用重視のこれだと興奮しない」

そんなことはないけれど一応そう言っておく。

僕と付き合うまで、音々はなにも知らなかった。

いくらお嬢様学校出身とはいえ、どうしたらこんなに知識のない子が育つのかと思うほど、その手のことに疎《うと》かった。

だから僕は自分の都合のいいように彼女を導《みちび》いてきた。

僕と会う時は、下着は男が興奮するようないやらしいものを身に着けるように。

そして肌とムダ毛の手入れを怠《おこた》らないように。

それが裸で触れ合う男女のマナーだと言い含めて。

僕はそっと音々の脇の窪《くぼ》みに触れた。くすぐったさに音々が身をよじる。

脇や腕や脚のムダ毛なんか正直どうでもいい。

でも僕が一か所だけこだわる場所がある。

「明樹くんっ、私そこはっ」

腕をさすり脚を撫でると、音々が焦りを見せる。

わかっている。

僕にしか見せなかった場所だから、見る対象がいなくなれば音々には処理できない。

「やっ、明樹くん、だめっ」

僕は音々の下着に手をかけ、それを脱がす。

閉じようと力を入れるまでもなく、彼女のその部分は恥毛に覆われていた。元々そう濃くも多くもないけれど、それでも大事な部分は隠れている。

「今度、僕が剃ってあげる」

僕は音々の恥毛にそっと触れた。彼女の髪より少し太くて縮れているソレ。

そう、ここはできれば毛がないほうがいい。

よく見えるし舐めやすいし触りやすい。そして、そういう状態にしておけば僕以外には見せずに済む。

音々は顔を横に向けて羞恥《しゅうち》に耐えていた。

僕は背中に腕を回してブラのホックを外す。もう一度手首の拘束を解こうかと思ったけれど、ずらせば問題なくてそのままにした。

「音々綺麗になったね。胸も少し大きくなった？」

「知らないっ、明樹くんあまり見ないでっ」

以前より胸や腰回りが少しふっくらしている。僕は細すぎる女よりも、適度にむっちりしているほうが好みだ。

別に音々は太っているわけじゃないし。

色が白くて肌は子どもみたいに滑らか。やや童顔な顔だちもあって、ちょっといけないことをしている気分になる。

僕は変化した彼女の体のラインを確かめるように触れていった。

彼女がぴくりと小さく反応するところは見逃《みのが》さない。敏感な場所はあまり変わっていなさそうだ。

でもここの手入れをしていないということは、きっと僕が教えた自慰行為もしていなかったかもしれないな。

（そこは、今度やらせて確かめよう）

ふわふわの音々の胸を両手で触った。持ち上げたり優しく揉んだりすると音々は熱い息を吐く。

感じやすい部分には触れないようにして、僕は彼女の胸の形を自在に変えていった。

「あっ……んんっ」

「音々、声はどうするんだった？」

「あんっ、抑えないっ！」

「そう、音々の声はかわいいから恥ずかしがる必要はないよ。ここはホテルだし思う存分啼《な》いて」

「はぁ……あんっ、明樹くんっ」

音々の胸の先がぷっくり尖《とが》ってくる。赤く色づいて興奮しているのがわかる。

口に含んで唇で食んでやりたい。舌でしごいてやりたい。でもそれは後だ。

乳輪のまわりだけを刺激すると、そこはどんどんいやらしい形になった。音々の腰が揺れる。胸も同じように揺れる。手首を拘束されている彼女は、どこまでも無防備だ。

「音々、触ってほしい時は言うんだ。どこを触ってほしい？」

「あ、言えない。明樹くん、恥ずかしいよっ」

「言っただろう？　今夜は僕が与えるものを素直に感じて乱れろって」

「あ、でも……あんっ、やぁ」

音々の喘《あえ》ぎがどんどん甘ったるいものになる。

唇の間から見え隠れする舌が卑猥《ひわい》で、僕は音々に口づけた。すぐさま口をこじあけて音々の舌を捕まえる。音々は一瞬びくっとして逃げようとしたけれど、僕が舌を絡めると素直に応じてきた。

（ああ、音々だ）

強く実感する。

唇のやわらかさも舌の感触も唾液《だえき》の味さえも、僕の記憶に残っていた。まるで幼子が母親の乳房を見つけて喜ぶみたいな、そんな懐かしさまで感じる。

僕は深く音々の口の中を侵した。舌を絡めてきつく吸って、唾液《だえき》を流し込む。音々の唾液《だえき》も呑む。口の周りがべたついても構わずに、彼女の口内の敏感な部分を探った。

くぐもった声音が僕の中に溶けていく。

もう少し焦らしたかったのに、僕はキスをしながら音々の胸の先をつまんだ。指でこすり上げると音々がびくびく震える。

そうだ、彼女の体もまた覚えている。

軽くひっかいて刺激を与え続ければ、そこはどんどん敏感になって、多少きつくこねても感じるようになる。

おもしろいほど硬くなる乳首を指先で弄《もてあそ》んだ後、乱暴に唇を離した。

唾液《だえき》が糸をひくように繋がって、そのあと彼女の首に落ちていく。

「はる、明樹くんっ！」

「音々！」

僕を望む音々の声。

僕は首筋を舐めて、さらにきつく吸いあげた。そのまま膨れ上がった乳首を舌で転がす。ちゅうちゅうとわざと音を立てて吸い上げると、音々は一際高い声を上げた。

「ああっ……あんっ……ひゃんんっ。はる、はるくんっ！　舐めて、いっぱい舐めて！」

軽く達した音々は、僕が過去教えた通りに自ら欲望を口にした。

口の周りを唾液塗《だえきまみ》れにして、頬を薄紅色《うすべにいろ》に染めて、潤んだ目で僕を見つめる。

背中をそらして自ら胸を差し出す。

音々の胸の先もいやらしく尖《とが》り、僕の唾液《だえき》で艶《つや》やかに光る。

なにより、閉じ切っていた彼女の脚が緩んで開きかけている。

ずくんっと痛いような痺《しび》れが下半身に走った。

僕はそれを誤魔化すように、彼女の要求に応《こた》えるべく胸の先を舐めまわす。舌先で上下にこすり上げれば、音々は羞恥《しゅうち》を消して啼《な》き始めた。

音々が体をよじる。脚からは力が抜けて、僕はその間に体をすべりこませた。

胸の先を執拗《しつよう》に舐めながら、彼女の太腿《ふともも》の内側に触れた。あふれた蜜が伝う元を辿《たど》ればそこは驚くほどに濡れていた。

(やっぱり毛は邪魔だ)

毛を避けて僕は音々の中にゆっくりと指を差し入れる。濡れている割にそこは狭くて、そっとかきだせば蜜がこぷりとこぼれ落ちた。

「ひゃっ……ああっ」

「音々……すごいよ。音々のここは狭くて熱くてヌルヌルだ」

「あ、はるくんっ、明樹くんっ」

当然のように敏感な突起も姿を見せていて、僕は蜜塗《まみ》れの指で緩やかに撫でる。

最初は弱く繊細に動かすほうがいい。そのうち音々が自ら腰を押しつけてくる。僕が目覚めさせるまでもなく勝手に膨らんでくる。

（だめだっ！）

僕は自身に急激に熱がこもるのがわかって、先に音々を追いつめることにした。

狭いけれど、これだけ濡れていれば痛みはないだろう。

僕は数本指をいれて少し乱暴に音々の弱かった場所をこすり上げた。同時に膨らんだ芽もつぶす。

「やんっ……あんっ、あっあああっ」

手前のざらついた部分を押し上げた。本当はもっと奥が壊れやすいけれど、僕の指では届かない。

ズボンの中で僕の分身が膨らみ始める。

生身の女を前にして、こうなるのは久しぶりだ。

もう理性で抑えることができなくて、僕は絶対に音々には気づかれないように体をずらして、彼女を追い込んだ。

嬌声《きょうせい》を上げて達する音々には、きっともうわからない。

久しぶりの性行為のはずの彼女には酷な気もするけれど、むしろ最初に壊したほうが後々やりやすいかもしれない。

このまま緩めずに無理やりイかせよう。

達しているとわかっていながら、僕は指で彼女の弱い場所を重点的に攻めた。

零れ落ちる蜜を掌《てのひら》で受け止めて。

音々の体が弛緩《しかん》するのを待って、僕は彼女の手首を拘束していたネクタイを解く。細い手首には少し擦れた赤い痕《あと》が残る。彼女の肌に傷をつけたいわけじゃないけれど、その痕《あと》を見て興奮を覚える自分がいた。

音々の痴態《ちたい》を見て、はちきれんばかりに膨らんでいた分身は、ほんの少し硬度を緩めた。

達した後のほうが女はつらいはずだ。

僕は『ねえ、入れて』と言ってきた女たちを思い出す。

けれどそう口にされると逆に興奮が冷めていく自分がいた。

だが音々には、僕のものを突っ込みたい。

指では届かない彼女の感じる場所を抉《えぐ》ったら、どれだけよがり啼《な》いてくれるだろう。

見るからに清純そうな彼女が、卑猥《ひわい》な言葉で僕を求めるさまを思い出すだけで、僕は満ち足りた気分になる。

過去、彼女が感じれば感じるほど、そこはきつく僕を締めつけてきた。搾り取られそうなその瞬間を耐えて、先に彼女を感じさせると、まるで征服できた気がした。

(僕は、サディスティックな性癖はないつもりだったけど、支配欲はあるのかもな)

「は、るきくん?」

舌ったらずな口調で音々が僕の名前を呼ぶ。

涙と涎《よだれ》と汗とで濡れた肌に黒い髪がまとわりついて一見汚くも見えるのに、ものすごく綺麗だと感じるし、僕のせいで穢《けが》れたと思うと、喜びさえ湧きあがる。

「大丈夫か？　音々」

僕は下半身が彼女に触れないように気をつけながら、彼女の隣に横たわってそっと抱き寄せた。指で少し頬の汚れを拭い髪を撫でつける。ずっと腕を上げ続けていたから痺《しび》れているかもしれない。

彼女の腕をゆっくりとさすった。

「腕きつかっただろう？　ごめん」

音々は自分の腕が自由になったのを見て、指を閉じたり開いたりした。

「少し擦れたみたいだ」

「平気……見た目ほど痛みはないよ」

僕が手首をさすると、音々は僕が気にしないようにへらっとした笑みを浮かべた。

「あ、それより明樹くんは？　その……少しは元気になったりした？」

音々が本来の目的だったものを思い出したのか、体を少し起こして僕の下半身に視線を向けた。

ズボンを履いたままだから、見た目じゃ判断できないだろう。

「ああ、久しぶりに元気になりかけた……挿入できるほどじゃないけど」

いや、多分挿入可能だったと思う。

でも、そんなことは決して悟らせない。

「そっか……私で役に立つのかな？」

「僕は今夜確信したよ。僕を治せるのは音々だけだって。元気になりかけた自分にびっくりしたし」

「本当に？」

「ああ」

「今だって……その、私だけ気持ちよくなっただけなのに」

「音々が気持ちよさそうなのを見ると興奮するんだと思う。だからもっと乱れる音々を見たい。いやらしくて卑猥《ひわい》な姿を見たい」

音々が戸惑いに瞳を揺らしながら、恥ずかしそうに俯《うつむ》く。

二十歳になった彼女がなにも知らないのをいいことに、彼女を僕好みに躾《しつ》けてきた。そのうえいまだに誰の手垢《てあか》もついておらず、どれほど淫《みだ》らになっても羞恥《しゅうち》を失わない。

高校生の頃から知っているせいだろうか。

刷り込みのように、僕だけを一心に見つめてきた彼女を知っているせいだろうか。

(そうだな。『特別』なんだろう……僕にとって音々は)

他の女ではダメだったのに、音々には勃起するのだから。巧の言った言葉がようやく腑《ふ》に落ちる。

「私がいやらしいところを見せたら、明樹くんは元気になるの？」

「ああ、元気になると思う。だから音々、これからも治療に協力してくれる？」

音々の罪悪感と弱みを突く。こういう言い方をすれば彼女は絶対に断れない。

音々は少し悩むように目を伏せた。

雲が流れたのか、窓の外からふわりと月明かりが満ちてくる。長い睫毛《まつげ》の影が落ちて、裸の肩や腰のラインが卑猥《ひわい》に浮かび上がった。

僕は黙ったまま音々の答えを待つ。

誘導はしない、強制もしない。音々自身が答えを決めたように仕向ける。

「私にできることなら協力する。明樹くんが元気になるまで――」

音々は決意を秘めた静かな口調で言うと、僕をまっすぐに見てほほ笑んだ。

やわらかな笑みなのにその目だけがどことなく悲しそうで、まるで見知らぬ女に見えて虚《きょ》をつかれる。

(音々?)

なぜかまた、僕の前から消えそうな気がして、僕は音々を強く抱きしめるとキスをした。

音々の体温を肌の感触を唾液《だえき》の味を感じて、僕は必死になにかを掴もうとする。

音々が僕の背中に腕を回した。拘束していたせいでできなかった抱擁《ほうよう》。

互いを閉じ込め合うように抱きしめて、僕は再び音々を蹂躙《じゅうりん》した。

＊　＊　＊

私の人生はいつも急激に変化する。

誰だっけ？　人生はドミノ倒しに似ているって言っていたのは。

まさしく私の人生もそれだよ。

たった一つのピースが倒れただけで、すべてが壊れてしまうところとか。

どちらの方向に倒れるかで違う道へ進んでしまうところとか。

ピースが届かなくて止まってしまうところとか。

明樹くんとはレストランで食事をして、私がこれまでの経緯を説明して謝罪して、そこで許してもらえれば、すんなり終わるものだと思っていた。

それなのに、許されなかったどころか新たな罪を知らされて、再び明樹くんと関係を持つことになってしまった。

償《つぐな》いと治療のために――

明樹くんはレイトチェックアウトを頼んでいたみたいで、時々うとうとしながらも私はギリギリまで明樹くんの治療に付き合わされた。

お昼頃に、病院からかかってきたらしい電話で呼び出されてようやく解放されたけど。

あれがなかったら、どうなっていたことか。

高遠さんに言われていたし、明樹くんにも念押しされてタクシー代まで持たされたから、私はタクシーでお屋敷に戻ってきて、自室のベッドに倒れこんでいた。

「だるい……」

シャワーを浴びたけど、全身に明樹くんの愛撫の余韻が残っている。

たった一晩で体が作り替えられたみたいだよ。

明樹くんと別れて以来、当然ながら私は誰とも付き合っていない。セックスもしていない。

それに私は明樹くんしか知らない。

昨夜は、明樹くんの唇や指や舌で触れられるたびに過去の記憶を呼び覚まされた気分だった。

挿入のないセックスって軽い拷問《ごうもん》かも。

私はベッドに寝転がったままスマホで検索する。

勃起不全――その症状や原因、対処方法。

検索でヒットした内容を読んでいく。

明樹くんの告白は私にはかなりの衝撃だった。

私の別れ話がきっかけで、明樹くんのソレは役立たずになった。

明樹くんの場合は心因性になるのかな。

勃起はできても持続しないとか、途中で萎《な》えて射精できないというのも症状のひとつらしい。

前途洋々、将来有望の優秀なお医者様である明樹くんにとって、ものすごく致命的なことであるのは確かだ。

私のせいだから責任とって協力しろというのも当然だと思う。

そんな協力を頼める相手なんて、そういるわけないだろうし。

ソレに関することだから、そういう行為が必要なのも頭では理解できるんだけど……

わかっている。

明樹くんに必要なのは治療を手伝ってくれる協力者だ。

だから決して私が好きだとか、よりを戻したいとかそういうことじゃないんだよ。

それなのにあんな風に愛撫されて、抱き寄せられて、君が必要だなんて言われたら――

（いやいや、勘違いしちゃダメだから）

そう、そう。

もう二度と間抜けな勘違いしちゃいけない。

昔は浮かれきって、明樹くんと私は恋人同士だと思っていたけれど、あの頃から私は多分ただの都合のいい性欲処理相手でしかなかった。

今度はそれが治療の協力者になっただけ。

それなのに彼に触れてもらえることが嬉しくて、どんな形でも理由でも求められて喜んでいる。

キスをされて、抱きしめられて、肌に触れられて――思い知らされた。

多分、私は今でも明樹くんのことが好きなんだろう。

自分から別れを切り出したくせに、三年も経っているのに、会えなかった間は自覚なんかしなかったのに。

彼が今までも、これからだって好きになってくれるわけじゃないってわかっているのに――

明樹くんが治れば、私はお役御免になる。

だからもう二度と身勝手な思い込みで、自分の気持ちを押し付けたりしないようにしないと。

そのためにもこういう気持ちはなくしてしまうべきだ。

「うん。ただの治療。私はもう明樹くんのことは好きじゃない」

常にそう言い聞かせればいい。自己暗示をかけてしまえばいい。

そうすれば明樹くんにこれ以上の迷惑も負担もかけずに済む。

「安心してね、明樹くん。もう好きになったりしないからね」

明樹くんが元気になるまで……梨本音々、お役目を果たします！

＊＊＊

明樹くんは忙しいお医者さま。

私はお屋敷勤めの使用人。

となれば、明樹くんのお休みに私が合わせなければ、私たちはなかなか会うことができない。

つまり、治療ができない。

私は明樹くんから送られてきた彼のスケジュールに合わせてお休みをとることにした。

ちなみにシフト調整をしてくれるのは結愛ちゃんだ。

今までは他の人を優先してもらって、私は適当でいいと言ってきたので、初めて出した休みの希望に結愛ちゃんは珍しく目を丸くしていた。

けれどそこはさすがに彼女だ。びっくりしながらも特になにかを聞いてきたりはしない。これが碧さんだったら根掘り葉掘り問い詰められて、私は洗いざらい吐かされていたかもしれない。

まあ、もしかしたら高遠さんからなにか聞いているかもしれないけどね。

そうして私はお仕事がお休みの今日、タクシーを使って初めて明樹くんのおうちへとやってきた。

今は本当に便利だよね。住所を入力した地図アプリ見せれば、連れて行ってもらえるんだから。

私はタクシーを降りると思わずエントランスでマンション名を確かめた。

(研修医ってお給料少ないイメージだったんだけど)

お屋敷周辺のような高級住宅街ではないけれど、どこへ行くにもアクセスしやすい立地だ。明樹くんの勤務する病院にも、ついでに駅にも近い。

築年数は経っているみたいだけど、品のいい低層マンション。

私はどうもいまだに彼に対する苦学生イメージが抜けていなくて、明樹くんらしいといえばらしいような、らしくないといえばらしくないようなマンションに首をかしげた。

とりあえず教えられた部屋番号を押す。

『音々？　上がっておいで』

カメラもついているのだろう。明樹くんの声がした。私はドキドキしながらエレベーターで上がっていった。

「お、おじゃましますっ」

私は噛みながら明樹くんの部屋に入る。

明樹くんはリラックスウェア姿だった。

考えてみれば明樹くんの家に上がるのも、こんなラフな姿を見るのも初めてだ。

それに、エレベーターの階数ボタンを押した時に気づいたけど最上階だよ、ここ。

昔の我が家並みのリビングの広さに、私は思わず足を止めた。

「ここ……明樹くんの家なの？」

「ん？　ああ、昔父親が税金対策も兼ねて購入した投資用マンションだ。病院はこっちのほうが近いから引っ越してきた」

「は、明樹くんって、大学も奨学金で通っていたよね？」

うん、高校も大学もそのはずだ。

「まあ、父親の残したお金にはできるだけ手をつけたくなかったからね。返済不要の奨学金制度を利用できるならそのほうがよかったから」

成績優秀な明樹くんなら、奨学金は利用可能だ。

そうか、私は明樹くんが母子家庭で奨学生ってだけで、経済的に苦労しているのだと勝手なイメージを抱いていた。

(私、本当に明樹くんのことなんにも知らなかったんだなあ)

でもそれはきっと、明樹くんが私に知られないようにしていたせいもあると思う。

それぐらい私は彼に信頼されていなかったということだ。

あらためて自分たちの関係の浅さに落ち込みそうになる。

いや、むしろ恋人だって勘違いしていたおかげで、いい夢見られたんだからよかったのかな。

たとえ今どんなに虚しくってもさ。

「音々、どうした？」

「あ、いえ。広いお部屋だなあって」

「まあ、帰って寝るだけで荷物もないしね」

明樹くんがぽんと私の肩に手を置いた。びくりと震えてしまう。

こうして三年ぶりに明樹くんと会っているのが夢みたいで、あらためて感情が過去と現在を行き来して混乱してくる。

「音々、緊張している？」

「あ、うん。いろいろ初めてだし……それに」

私は治療のために明樹くんに会いにきた。昼食を済ませてきたから今は午後三時少し前。

今の私たちは、ゆっくり寛ぐとか、二人でいちゃつくとかいう関係じゃない。

えーと、まさかこんな真昼間っからいかがわしいことしたりしないだろうけれど、かといってなにするの？

「それに？」

「な、なんでもない」

今からいかがわしいことするのか？　なんて余計なことは聞かないほうがいいに決まっている。

私は、にへらっと笑って誤魔化した。

「じゃあ、まずは先にこれを預けておく」

そう言って明樹くんが手渡してきたのは鍵。

「音々の仕事が休みの日は極力僕の家に来てほしい。お互いの休みもそう合うわけじゃないし、それを待っていたらいつまでも会えないまま終わりそうだから」

「これ、明樹くんのおうちの鍵？」

「そう」

「私、勝手に入っていいってこと？」

「そう」

「え、ええーっ!!」

恋人（仮）時代にだって自分のプライベートを極力明かさなかったのに、びっくりだ。

私を自分の家に招いただけでも驚きだったのに、まさか合鍵まで渡されるなんて。

でも裏を返せば、それだけ明樹くんは追いつめられているってことなんだろう。

「来るのは夜でもいいから。僕がいるかどうかはわからないけどね。まあ少しでも会う機会はつくりたい」

うわ、言葉だけ聞いたらまるで少しの時間でも恋人に会いたいみたいな甘ったるい内容だけど、そう口にする明樹くんにそんな雰囲気は微塵《みじん》もない。

あ、うん効率重視だもんね、明樹くんは。

スケジュール調整したりするのが面倒なだけの話だ。

「音々に探られて困るものはないし、僕が帰ってくるまで適当に過ごせばいい」

「うん……」

「部屋が散らかっていても放っておいていいから。あと冷蔵庫とか勝手に使っていいし、ここで必要そうなものは置いて構わない」

「うん……」

鼓動が勝手に速くなる。

ああ、こういうの昔だったら絶対勘違いして浮かれて、私はここぞとばかりにこの部屋に入り浸ったに違いない。

そのうえ必要なものは置いていいなんて、まるで同棲生活！　夢見るのは勝手なら新婚生活！

脳内妄想でファンファーレが鳴り響きかけて、私は慌てて思考を停止させた。

（あぶなっ……おめでたい思考はすぐに捨てなきゃ）

こうやって明樹くんは私を勘違いさせてきたんだ。頭のいいイケメンって恐ろしいよ。

「じゃあ、音々こっち」

明樹くんに案内されたのは、なんと寝室。

シンプルなフレームのパイプベッドはセミダブルサイズだろうか。

壁紙の一部がグレーで大きな窓がないからか昼間にもかかわらず薄暗い。

そしてベージュのシーツの上に……シックな空間にそぐわないものが無造作に広げてあった。

私は無言のままスケスケだったりヒラヒラだったりするものを眺める。

「これは音々のルームウェアね」

「え？　これがっ？」

いや、これはルームウェアじゃなくてランジェリーだと思うよ。

それも結構いやらしいやつだ。

確かに昔、明樹くんは下着にはうるさかった。だから彼と会う時は、私なりにいわゆる勝負下着を身に着けるようにしていた。

それでも柄がちょっと華やかだったり、色がはっきりしていたりというレベルだったんだけど。

「でも、これ……寒いよね？」

だって今は十一月。お部屋の温度は適温のようだけれど、これ一枚だと寒いよ。

いや本当に言いたかったのは、寒いかどうかじゃなくて、本当はこんないやらしいものを身に着けて部屋で過ごすのか？　という問いだったんだけど。

なんとなく口にできなかった。

明樹くんは壁一面のクローゼットに近づくと、おもむろに一番端の扉を開く。

パイプハンガーにかけられているのは、あったか素材の女性用ロングカーディガン。バスローブっぽく腰紐で結ぶタイプもあれば、ワンピースっぽいラインのものなど数着あった。

「寒ければエアコンつけていいいし、上からはこれを羽織ればいい。ブランケットも準備してある。それからこっちの引き出しも空けているから自由に使って」

ええと、私専用のルームウェア置き場ってことですね。

「わ、私今日は、ちょっとだけおしゃれしてきたよ」

ほんの少し抵抗を示してみる。

前回と違い、機能性重視のやつじゃなくて、清楚な白だけどレースいっぱいの上品な下着を今日は身に着けてきた。

「そう。じゃあ、それはそれで見せてもらおうかな」

明樹くんが近づいてきて、私は思わず後退《あとずさ》る。

そのままベッドの際まで追いつめられて、私は腰を落としてしまった。

マットレスは分厚くて、寝心地が良さそうだ。でも、紫色とか赤とか黒の派手なランジェリーが視界の端であやしげな存在感を放つ。

ついでに明樹くんも相当な色香を出している。

大人になったせいだろうか。面影は確かにあるのに、どこかまるで別人みたいだ。

「音々、とりあえず脱ごうか」

も、もう？

こんな時間帯なのにいきなり治療開始なの？

私は頷くこともできずに、ごくんと唾を呑み込んだ。

「僕に脱がされたい？　それとも自分で脱ぐ？」

どちらにしても脱ぐという結果にしかならない選択肢に意味はあるの？

私は答える代わりに、羽織っていた薄手の上着を脱いだ。

明樹くんはそれをハンガーにかけて、私専用らしいクローゼットにしまう。

そして無言のままじっと私を見つめた。

言葉を発することなくその先を命じられて、私は袖《そで》のふんわりしたニットを脱いだ。チェックのスカートとストッキング、キャミソールもゆっくりと脱いでいく。途中で止めてくれないかなという期待は虚しく、私は呆気《あっけ》なくブラとパンツのみの下着姿になった。

「まあ、この間よりはマシだね。でも上品すぎて色気はない」

私の渾身《こんしん》の勝負下着姿を見て、明樹くんは冷静に評価する。

どうもお気に召さなかったようだ。

「音々、準備してくるからそのまま待機」

明樹くんはそう言うと、寝室から出ていってなにやらがさごそと動き始めた。

「音々、今からまず処理するから。パンツ脱いで」

私は明樹くんがなにをしようとしているのか気づいた。

ものすごく真面目な顔で神妙そうに言っている。

さらに彼が手にしているものも、ぱっと見はお医者様っぽく見えなくもない。

けれどベッドに敷かれたバスタオルとか、湯気のたつホットタオルとか、手にしているソレとかがなんのためにあるものなのか私は知っている。

「し、しなきゃダメ？」

「手入れをするのは最低限のマナーだって教えたはずだけど」

「で、でも……全部っていうのは普通なの？」

水着を着る時のお手入れ程度じゃダメなのだろうか。Vゾーンぐらいはなんとなく残しておきたいんだけど。

「普通かどうかなんてどうでもいい。僕は全部剃りたい。昔は素直にさせただろう?」

う、それは……あの頃は女性としての身だしなみのひとつだと言われて、それを信じていたせいだ。それに好きな男性に望まれたら、なんでも叶えてあげたいという乙女心が大いにくすぐられていたせいでもある。

応《こた》えることが愛だと信じていたし、こだわり満載の彼の希望を叶えられるのは私しかいないのだという、おかしな優越感もあった。

いや、思い込まされていた。

「今はそう特殊なことじゃない。介護脱毛なんていう言葉もあるぐらいだ」

それは、そうかもしれないけど。

何度処理されても恥ずかしかった。いっそ脱毛しにいこうかと提案したこともあったのに、明樹くんは『僕がする』といって聞き入れなかった。

パンツを脱いで、脚を広げて、毛を剃られて、あそこをつるつるにされる。

子どもみたいに全部丸見えになってそのうえ――

私がうだうだとためらっていると、明樹くんはそれはもう、ふかーいため息をついた。

「そんなに嫌? 僕は女性のそこは無毛であるほうが好きだ。でも、音々がそこまで嫌がるならあきらめるよ。僕の治療に協力はしてもらいたいけど、君が嫌がることをしたいわけじゃない」

明樹くんは見るからに悲しそうにつらそうに視線を落とした。道具を持っていた手もだらりと下がる。

（落ち込んだ明樹くん、かわいいっ。違った……そう治療の一環だったよ。だって明樹くんはつらい思いをしてきたんだから）

それに、嫌っていうよりも恥ずかしいだけだもの。

明樹くんの勃起できないつらさと、私が毛を剃って恥ずかしいのとを天秤《てんびん》にかければ、明樹くんに傾くにきまっている！

明樹くんが元気になるために必要なら、私にできることは協力すべきだ。

（これは治療。これは治療。私が恥ずかしいのを我慢すればいいだけの話！）

「は、明樹くんっ、い、嫌なわけじゃないの。ただ恥ずかしいの」

「僕は音々のそういう姿が見たい。恥ずかしがって、乱れて、いやらしくなって……そんな音々を見れば元気になれると思うから」

そうだね、明樹くんには元気になってもらわなきゃ。

私なんかの痴態《ちたい》が役立つのなら活用してもらわなきゃ。

私は覚悟を決めて、えいやっとパンツをおろした。そうしてバスタオルの上に座る。

「いいの？　音々」

「う、うん」

「ありがとう、音々。じゃあ脚を広げて」

キラキラしい明樹くんの笑顔に、きゅんとしてしまう。

私は膝をたてると、ベッドに手をついて体を支えた。恥ずかしさをどこかへポイッと捨てて、脚を広げる。

「もう少し腰をつきだしてくれる？」

明樹くんのお医者様みたいな口調に、私は患者になった気分で指示に従った。

(これは治療。本当の治療対象は明樹くんだけど、今だけは私が患者)

暗示をかけるように言い聞かせて、私はお股をめいいっぱい広げる。

明樹くんはその部分にそっとホットタオルをあてた。じんわりとした温かさが気持ちいい。

「音々。わかっていると思うけど動かないで。君の肌に傷はつけたくない」

「はい」

明樹くんはまず伸びた毛を小さなハサミで切り落とした。じょきんじょきんと潔《いさぎよ》い音がする。

次に透明のシェービングジェルを塗った。ぬるぬるしたものを塗り付けられるだけで、おかしな気分になってしまう。

そしていよいよ本丸登場だ。電気シェーバーのスイッチが入り、振動音が響く。

なんとなく、ごくりと唾液《だえき》を呑み込む。

明樹くんはためらうことなくシェーバーを押し当てた。

どんどん毛が剃られていく。

器用な手つきで、容赦《ようしゃ》なく、時には指でひっぱって、際まで丁寧に。

お尻のほうまで遠慮なく、さらに肌に直接触れて剃り残しがないかも確かめている。

さすが明樹くん、細かいところまで念入りだよ。あまりに淡々と処理されて、恥ずかしがった自分が間抜けに思えてしまう。

それでもあまり視界にいれないように、私はずっと白い天井を見上げていた。

終了の合図のように、シェーバーの電源が切られると部屋がしんと静まりかえった。

再びホットタオルが押し当てられて、ゆっくりとシェービングジェルを拭われた。

綺麗に丁寧に、まるでそれこそ介護のように。

「音々、綺麗になったよ」

「うん」

「キスしやすくなった」

「うん」

言うなり私の脚を押さえて、明樹くんはつるつるになったそこを指で触れた。入り口にそっとあてただけなのに、くちゅりと湿った音がする。

「明樹くんっ！」

「剃られている間に感じるのは相変わらずだな。音々のココ剃るたびに膨らんでいた」

脚を閉じたいのに、明樹くんの手にさらに力が加わって、そのうえじっと見られてしまった。

ポイッとしたはずの恥ずかしさが帰ってくる。

そうなのだ。

恥ずかしかったのは毛がなくなることに対して（だけ）じゃない。

剃られるという行為なんかで、感じてしまうこと。

明樹くんは冷静に事務的に作業しているだけなのに、私の体はいとも簡単にこうして濡れてしまう。

明樹くんの指がすんなり中に入った。

「あっ……」

「ああ、中はもっとすごいな。ほら音々聞こえる？」

明樹くんがゆっくりと私の中で指を動かす。毛を剃られただけで感じた証《あかし》が、こぷりと音をたてて零れてくる。

「あんっ」

支えていた腕から力が抜けて私はベッドに倒れた。明樹くんは脚の間に体をいれて閉じられないようにすると、蜜を塗《まぶ》した指で周囲をなぞった。奥にたまっていた蜜がとろとろと落ちてくるのが感触でわかる。

「保湿剤塗ってあげようと思ったのに音々の蜜のほうがよさそう」

いや、そんなもの保湿の代わりにはならないから！

「あんっ……やっ、明樹くんっ！」

「ふふ。なにもかも丸見え。赤く膨らんでいるところもひくついている穴も、ほらドロドロ」

私のソコがどんな形か教えるように明樹くんは指でゆっくりと触れていく。

ぴらぴらの部分も浅い溝も穴の周囲も。

そしてクリトリスも一緒に指の腹で軽くこすり上げた。

「ひゃっ……はんっ」

甘ったるい声が寝室に響いた。自分でも物欲しげな、いやらしいと思う声音。

「ああ、ほらどんどん大きくなってくる。顔を出して硬くなってきた」

私の蜜に塗《まみ》れたそこを明樹くんの指はくるくるとなぞる。びりびりとした刺激が走って、私は腰を揺らした。

「あんっ……ひゃんっ」

「音々のここ、ぱっくり開いてきた。欲しくてたまらなそうだ」

「やっ、言っちゃやだ」

「イくのは音々だよ」

「あっ、やんっ……はっ、んんっ」

「ごめんな、音々。今は僕の指で我慢して。今度僕の代わりのものを準備してあげるから」

え？　なんか聞き捨てならないことを言われた気がするけれど、明樹くんの指が数本一気にいれられてそれどころじゃない。

私の弱点を知り尽くしている彼は、容赦《ようしゃ》なくやや乱暴に指を抜き差しし始めた。

あられもない声と一緒に、卑猥《ひわい》な蜜の音が奏でられる。

「あんっ……うんっ、ああんっ」

「音々の蜜いっぱい出てくる」

「やぁっ……」

「だんだん体が素直になってきたね。僕の愛撫思い出してきた？」

「うんっ、覚えている！　明樹くんっ、だからそこはっ……ダメっ」

中と外を同時にしごかれて私は体をびくびく震わせた。

「はは。きゅって締まった。すごく中も膨らんできたよ。音々、遠慮なくイっていい。ここならどんなに汚しても平気だから」

ダメだ、ダメだ。

明樹くんの、こういう口調。

優しくて穏やかでまるであやすような、調教にも似た……これを聞かされると頭の中が朦朧《もうろう》としてなにも考えられなくなる。

全身がぐずぐずに溶けて、頭が真っ白になって、ただ快楽だけを求めるような、お人形みたいになって操られちゃう。

「いやぁ、明樹くん、ああんっ!!」

クリトリスをぎゅうと押しつぶされた瞬間、中からいやらしいものが小さく飛び散るのがわかった。

「ああ、上手にイけたな、音々」

蜜塗《まみ》れになった指を、明樹くんは舌をだして舐めとっていく。

恍惚《こうこつ》ともいえるその表情は、ぞくりとするほど艶《なま》めかしい。

普段の好青年の雰囲気はなりを潜《ひそ》めて、仄暗ささえかもしだす明樹くんを見られるのはこんな瞬間だけだ。

ついさっき与えられたものとはまた違う快感が私の背筋を這っていく。

（思い出したっ……）

もたらされる愛撫以上に、この彼の姿を目《ま》の当たりにするだけで達してしまいそうになる自分を。

私は脚をだらりと広げたまま肩で息をした。体の中心が切ないほど疼《うず》いて、それを示すように浅ましい部分は物欲しそうにパクパクと痙攣《けいれん》している。

昔ならすぐさま明樹くんの立派なものが、その隙間を埋めてくれた。

私は、はしたなくも、彼が欲しいのだと、入れてほしいのだと卑猥《ひわい》な言葉でねだっていたことまで思い出す。

（でも、今はダメ）

今はそれを望んじゃいけない。ぐるぐるしそうになる熱を私は必死に抑え込む。

「音々」

「ひゃっ！」

肩に触れられるだけで体がびくりと震えた。

一度快楽に目覚めた体は、どこに触れられても敏感だ。

「音々……ほら」

明樹くんは私の手を掴むと、そっと自分の股間へと導《みちび》いた。

前回、存在はあるもののふにゃっとやわらかかった場所が……硬くなっていた。

「あ……」

「音々がイくの見て勃ったみたいだ」

そう言われた瞬間、ほんの少し熱がすーっと引いていくのがわかった。快楽がやんわりと安堵《あんど》へと変わっていく。

「よかった……よかったね、明樹くん！」

「まあ勃起まではたまにするんだけどね。挿入しようとすると萎《な》えるけど」

明樹くんは仕方なさそうに気だるそうに呟く。

そ、そっか、いろいろあるんだな。ただ勃起するだけじゃダメなんだ。

私はそっと明樹くんのその部分を撫でた。す、すごく硬いけどな。そんでこんなに大きくなるんだったっけ？

これがいざ挿入しようとするとできないなんて……男の人って繊細だ。明樹くんからは程遠い言葉だから余計に、ショックの大きさがわかる。

「本当にいれたらダメなの？」

「ここで試しにいれて、途中で萎《な》えたらショックだからな」

そうだね、いろいろ慎重にいかないといけないいんだな。硬くなっただけ一歩前進なのかも。

明樹くんは私の手をそこから外すと立ち上がる。

「シャワー浴びる？」

「ん……うん」

「じゃあ、音々はシャワーを浴びたら好きなの選んで着替えてね」

明樹くんの視線の方向へ目をやる。

やっぱりこれを身につけなければならないようだ。

明樹くんは剃毛《ていもう》に使用した道具を片付けると、ついでに私の服を手にして寝室を出ていった。

ああ、これでシャワーを浴びたあとはこれを着るしかなくなった。

とりあえずこの中から選ばなければならない。

私はまだ少し震える体をなんとか起こした。

ブラはつけたままなのにパンツだけ穿いていない間抜けな格好。そのうえ股の間は冷たい。中心で疼《うず》いていた熱はやわらいだけれど、名残《なごり》の蜜がまとわりついている。

バスタオルが敷いてあって良かった。私はその部分を軽く拭きとり、バスタオルを肩からかぶった。

ベッドの端に散らばっていたそれらに、おずおずと手を伸ばした。

どうやら一週間分なのか、カラーは全七色。

細い紐がからまっているだけの赤色のものは、どう着ればいいのかさえわからない。

白色だからと思って手にすれば、隠す場所間違えていませんか？　みたいなおしり丸見え、胸も丸見えの形だし、黒色にはパンツの一部にパールが連なっている。この飾り、意味があるんだろうか。

「これガーターベルト？　初めて実物見た」

私、いつかこれらを全部身に着けることになるんだろうか。

とりあえず、透けているけれど一番布地面積が広そうな気がする（どれも似たような感じなんだけど）薄いピンク色のランジェリーを選んだ。

パンツはもちろんＴバック。

腰骨のあたりが細いリボン状になっていて、恥骨の部分はお花の飾りがついているのに、股の部分は透けていて必要最小限の布面積だ。

そして裾《すそ》に可憐なフリルがついたベビードール。

一見超ミニのドレスっぽいデザインで見た目はかわいいのに、着れば背中は開いているし胸もほとんど隠れていない。

私は仕方なくそれらを手にすると、クローゼットからロングカーディガンをとりだして羽織りシャワーを浴びにいった。


シャワーを浴びているうちに体の興奮は落ち着いてきたようだ。

鏡を見れば本当に綺麗に毛が剃られている。

「体毛は必要だからあるのにっ、つるつるにまでしなくていいのに……」

童顔で低めの身長だからか、まかり間違えると子どもみたいに見える。

こんなんで興奮するなんて、明樹くんにロリコンの気ってあったかな。

軽くシャワーを浴びて出ると、いやらしいランジェリーを身に着けた。

Tバックは、パンツスタイルの時に下着のラインが見えないように穿くためのものだと頭では理解できていても、股に食い込んで変な気分になる。

ベビードールは見た目はかわいらしく見えたのに、着るとやっぱりいやらしかった。胸の形に添うレースが卑猥《ひわい》に胸を強調しているし、後ろを向けばむっちりしたお尻は丸見え。

男性も見て興奮するのだろうけど、身に着ける女性のほうもなんとなく興奮を覚えるんだなと、洗面所の鏡を見て思った。

だって私の顔、物欲しげな女の欲が滲《にじ》んでいる。

ふんわりした胸の先は尖《とが》って、透けた布地を押し上げている。食い込んでいる部分は、もしかしたらすでに湿っているかもしれない。

あまりに恥ずかしくなって、私は慌ててロングカーディガンを着てそれらを隠した。

リビングダイニングに戻ると、明樹くんはキッチンに立っていた。

「明樹くんお料理するの？」

明樹くんは手際よくサラダ用だと思われるキュウリを輪切りにしていた。手元はしっかりしていて慣れた手つきだ。

見ればコンロにもお鍋がかけられてお野菜たっぷりのスープらしきものがあった。

「まあ、時間がある時はできるだけ自炊するようにしているからね」

うわあ、本当に明樹くんってなんでもできるんだな。

この人に苦手なものとかできないものとかあるんだろうか。

「慣れているね」

「母子家庭だったし、まあ父親がガンで闘病生活が長かったから。母親がバランスのいい食事ができるよう気遣っていた。僕たちの体を作るのは食べ物なんだって、その時実感した。まあ忙しい時は無理だけど」

そうか。明樹くんにとってお料理をするっていうのは、健康な体を維持するための大事なものなんだ。

お医者様だったお父様が亡くなっていたことは知っていても、死因だとか闘病生活が長かったこととかは知らなかった。

「あ、灰汁《あく》とりしようか？」

「お、頼むよ」

沸騰《ふっとう》しているスープに浮かんでいる灰汁《あく》を私はとった。

「音々は？　料理……」

明樹くんがそこで言葉を止めた。

どうせ、できないと思っているんでしょう！

お屋敷に行くまで料理なんてしたことなかった。お米を研《と》いだことさえなかった。当初は清さんに呆れられたものだ。

私がお屋敷だけでなくレストランのお手伝いもしているのは、そのせいもある。

私があまりになにも知らないから、お手伝いを名目に指導されたのだ。

確かに食事はお屋敷内で提供される。でもその賄《まかな》いは一応当番制。私だって作ることがあるのだ。

さすがに料理上手の人たちに毎日指導されれば、上達していく。

「確かに料理も掃除も家事全般したことなかったよ。でも今はお屋敷勤めの使用人だよ。どれもだいぶ上手になったんだから！」

「音々も成長したんだ」

「そうです！」

明樹くんが苦笑しながら「だったら人参の千切りは頼もうかな」といたずらっぽく言った。

私と明樹くんはひとつしか違わない。

それなのに彼はいつも私を子ども扱いしていた。

私は明樹くんを崇拝《すうはい》していたから、そんな態度でも気にしたことなかったけれど。

(まるっきり子ども扱いか、妹扱いだな)

二人でキッチンに並んで、一緒に料理をしながらそんなことを自覚する。

同時に、どうしてよりによって今こんなに近づいているんだろうかとも思う。

でもあの頃こんな時間を持つことは叶わなかった。

たまに会って、一緒に大学のレポートをして、お腹がすいたら手ごろなカフェで割り勘で食事をした。セックスをするようになってからは、その行為が加わった。

会ってキスをしてセックスをする。だから明樹くんとは恋人同士だと思い込んでいた。

再会してからはセックスは最後までできないけれど、合鍵をもらって、クローゼットも私専用のスペースをもらえて、こうして二人並んでキッチンに立っている。

いろんなことを知ってプライベートの明樹くんをたくさん見ている。

昔の私なら盛大に勘違いできたのに、皮肉にも今の私にはできない。

「嘘じゃなかったな」

「え？」

「なかなかだよ、音々の包丁使い」

「でしょう？　でも明樹くんもすごいよ。本当になんでもできるね」

「セックス以外はね」

さらりと明樹くんが口にして、私は反射的に頭を下げた。

「ご、ごめんなさい」

できないのがセックスだけなんて、それ以外が全部できるなら羨《うらや》ましい気もするけど、ご本人にとっては切実な問題だ。

「大丈夫。音々が協力してくれるから。そうだろう？」

「もちろんですっ」

「じゃあ次はこれね」

私は明樹くんに指示されるまま、お料理のアシスタントに集中した。

＊＊＊

僕は少し居心地の悪い気分を抱えつつ書斎でパソコンを使って仕事をしていた。

生前の父親が投資用として所有していたマンションはファミリータイプだ。僕が高校・大学の間は通学するには距離があったから人に貸したままにしていた。

父親の元勤務先だった総合病院を就職先に選んだタイミングで、病院から近いここに引っ越してきた。

その時にせっかく部屋数があるから寝室とは分けて、子ども部屋になるだろう場所を書斎にした。

僕はインターネットで取り寄せた英語論文を読みながらも、なかなか集中できずにいた。

食事を終えた後、音々は『洗い物は私がやるね』と言って、キッチンで片付けをしている。ほとんどは食洗器に放り込むだけだから難しくない作業だ。

それでも、音々がそれをしている現実がしっくりこない。

お嬢様育ちであることを抜かしても、音々はどちらかといえば不器用なタイプだった。生徒会を通した行事の準備でも、やらされていたのは誰にでもできる雑用が多かった印象だ。

だから彼女が手際よく調理を手伝ってくれた時も、あたりまえのように後片付けを申し出た時も、落ち着かない気分になった。

（なんだろうな、これ）

親戚の子どもがいつのまにか大きくなって、なんでもできるようになったことに驚いているのと似たものだろうか。

だったらその成長を喜べばいいのに『なんでもできるようになって偉いな』と褒める気にはなれない。

それとも、なにもできなかったペットが、他人の手で躾《しつ》けられて寂しく感じるのと似たものか。

（驚きとか寂しさ？　別れていた間に音々が成長するのはあたりまえなのに？）

彼女だって学生時代とは違う。

それに社会に出たし、金銭的に苦労もしたんだから変わって当然だろう。

「そう……変わったんだ」

僕に対する反応とか、口調とか、気持ちが丸わかりのわかりやすい表情とかは変わらない。

でも、家事ができるようになって、少し大人っぽくなって、時々見たこともない表情をする。

そんな時、見知らぬ女がいるような感覚に陥《おちい》る。

（知らない部分が出てきたせいか？）

僕は性格的にすべてを把握《はあく》しないと落ち着かない性質だ。勉強なんてその最たるもので、知らないとか理解できないとかがあると嫌で、それを解消していくうちに必然的に成績が上がっていった。

大人になってだいぶ穏やかになったけれど、医師になった今もそれは変わらない。

音々は裏などなにもない善良さだけが取り柄で、女にありがちな裏や駆け引きが一切ない。わかりやすい音々は一緒にいて楽で、過ごす時間が増えれば、彼女の一挙手一投足を把握《はあく》するのは容易だった。

すべてを把握《はあく》できる対象――だから多分、音々との関係は長く続いた。

不意にスマホの画面が光って、僕はそれを手にした。

少し前に研修医の勉強会で知り合った、他病院勤務の女性医師からのメッセージ。

ドイツに留学経験があって、僕の興味がある分野について研究した論文があるからと連絡先を交換させられた相手だ。

実際彼女からはその論文のコピーが送られてきたし、それは確かに興味深い内容だった。

けれどそれからたまにこういう個人的な誘いを匂わせるメッセージが届くようになった。

彼女の知識には興味があるから、音々に再会する前だったら、誘いにのったかもしれない。

それで後腐れがなさそうであれば、さらにセックスを試してみただろう。

（音々とセックスできるようになれば、他の女ともできるようになるのか？）

音々とはおそらくセックスはできる。

昔、付き合っていた頃は音々と一線を越えてから、僕は他の女に手は出さなかった。

そして別れてからはできなくなった。

とはいえ音々に再会するまで、セックスできなかった原因が彼女にあるかもしれないなどと考えたことはなかったけれど。

「音々が原因だったとすれば……音々とできるようになれば、可能性としては他の女ともやれるようになるはずだよな」

というか、さすがにできるようにならないと女との交際が厳しくなる。

将来的な結婚とか出産とかに影響する。

だったらメッセージの相手である女性医師はここで切らずに、勃起不全が完全に治ったかどうか確認する相手としてキープしたほうがいいのかもしれない。

とりあえず僕は『お誘いありがとうございます。残念ですが今は忙しくて時間がとれそうにありません――』と当たり障りのない断り文句を送った。

すぐさま相手からも『お時間できたら教えてくださいね』と返事がくる。

こういうやりとりは面倒だけれど、今後も顔を合わせる機会があるため、再度『わかりました』と送った。

音々と別れて、何人かの女と交際をした。

最後までセックスできないこともネックではあったけれど、それ以外でも関係が面倒になって別れたケースもある。

多分、僕は男女交際に向いていない。

というよりも恋愛感情がわからないといったほうがいいのかもしれない。考えてみれば巧のように誰かを一途に想った経験がない。

「あいつは彼女のどこが良かったんだ？」

見た目はかわいいほうではあるけれど、あのレベルなら巷《ちまた》にあふれている。

巧の周囲には彼女より、もっと綺麗でスタイルもいい女はたくさんいた。性格だって、しっかりして真面目だけどちょっと気が強そうで、ただそれだけだ。

なにより『義理の妹』だなんて面倒くさい関係。

執着しているんだなとは感じていたけれど……あんなに時間をかけて外堀を埋めて、親族や会社を巻き込んでまで手に入れようとするとは、正直思わなかった。

ただ結婚式の食事会で見かけた二人の姿には、多少羨《うらや》ましい気持ちを感じはしたけれど……

巧のことを考えていたタイミングで、珍しくスマホにあいつからの電話がきて、僕は気持ち悪く思いながらも出た。

「はい」

『明樹、今いいか？』

「ああ、構わない。珍しいな、おまえが電話してくるなんて」

大抵はメッセージでやりとりするだけだし、そもそもこいつはこちらが送ったものに対しても返事をしないことがあるぐらいだ。電話なんて滅多《めった》にない。

『さっきまで仕事の関係で高遠さんと一緒だった。それでおまえへの探りをいれられたから』

「探り？」

『おまえ、あの子とより戻したんだって？』

僕は巧の言葉を聞いて、そういう風に見えるように誘導したのは確かだなと思った。

高遠氏が雇用主として音々を気にかけているのは、再会した時からわかっていた。だから音々にも僕と会うことは高遠氏に伝えて構わないと答えたのだ。

実際は治療が目的でも、その内容を考えればよりを戻したと勘繰《かんぐ》られたほうが都合がいい。

「まあ、そうなるかな」

そういえば、音々はまだ僕のことを好きなんだろうか——ふとそう思った。

別れることになった原因を知った今、音々が僕を嫌っているとは思っていない。

彼女の罪悪感を刺激したから、甘んじて治療に応じてくれているのだろう。

『……そうなるかなって、おまえなあ。学生時代のような曖昧《あいまい》な関係を繰り返すつもりなら、やめておけよ』

「僕と音々の間のことに、どうして巧が口を出すの？」

こいつは基本他人には無関心だ。

やれる能力は充分あるくせに、興味がないことにはエネルギーを注《そそ》がない。僕のプライベートなんか本音ではどうでもいいと思っているはずだ。

『俺だって口出ししたくないさ。でも、彼女の背後には高遠さんがいる』

「ただの雇用主だろう？　従業員のプライベートにまで口を出してくるのか？」

確かに彼は音々が嫌がれば、僕へ連絡をとらせることも会うことも阻《はば》むだろう。

でも裏を返せば嫌がらない限りは傍観《ぼうかん》するというスタンスだ。

彼とのやりとりで僕はそう認識していた。

『確かにただの従業員ならそこまで気にしない。でも彼女のことは結愛ちゃんが気にかけている。

彼女が身内と考える人間は高遠さんにとっても守る対象になる。だから真尋も守られてきた。彼女も同じだ。おまえが彼女に対して中途半端な関わり方をして、挙句の果てに傷つけでもすれば、それはまわりまわって結愛ちゃんを傷つけることになる。あの人は俺以上に用意周到だし、結愛ちゃんが気に病む状況になれば、すぐさまそれを排除しようと動くだろう』

音々が傷つけば、奥さんが傷つく？

それが嫌だから排除する？

あの高遠グループの御曹司がそんなバカバカしいことをするのか？

『おまえ……危機感ないな』

「忙しい彼がそんなところまで気にかけるとは思えない。それに、そこまで音々を大事にしているとも」

『明樹。彼女を大事にしているのは高遠さんじゃない。結愛ちゃんだ』

「わかった。音々を傷つけないように気をつける」

『明樹、そうじゃない。あーもういいや。忠告はしたぞ』

どうやら巧は説明するのが面倒くさくなったようだ。

要は音々を傷つけなければ済む話だ。僕だって今、音々に逃げられるのは困る。それに僕が完治すれば、彼女を許して解放するつもりだし。

「話は変わるけど、巧」

『あー、なに？』

「おまえって本当に彼女とセックスできなかった間、他の女で発散したことないの？」

電話の向こうで盛大なため息が聞こえた。

ついでに僕への悪口も漏れてくる。

そうしてしばらく無言というかぶつぶつ言っていたから、もしかしたらこのまま通話を切られるかと思ったけれど繋がっていた。

『明樹。おまえがどういう意図で俺に対してそう聞いてきたのかはわからない。まあ、でも答えてやる』

なぜか上から目線で、もったいぶる口調になった。

だが、せっかく答えてくれるなら、この際こいつの自尊心をくすぐってやろう。

「ああ、答えてくれたら助かるな」

『真尋への気持ちを自覚してから、他の女で発散したことなんかない』

「本当に？　おまえけっこう食い散らかしていたのに我慢できたの？」

そうだ。高校時代なんて、つまんでは捨てていたじゃないか。

『我慢したわけじゃない。無意味になっただけだ。射精するだけなら自分一人でも可能だ』

「無意味？」

『明樹、本当に好きになった女を抱けばおまえにもわかる。挿入して射精するっていうプロセスは同じなのに――好きな女とのセックスは違う。受け入れられて繋がって包まれた瞬間、なんていうか……そうだな、幸せだと思う』

しみじみと、らしくない口調で巧が告げた。

ありきたりでつまらない単語の羅列《られつ》なのに、なぜか僕の中で無性になにかが荒れ狂いそうになる。

それは僕が知らないことを巧が知っているせいか。

僕がまだ手に入れていないものを巧が持っているせいか。

「ありがとう。僕相手にわざわざ惚気《のろけ》てくれて」

『おまえが聞いてきたんだろうが！』

照れの裏返しで巧が怒鳴ってきた。そのまま怒り任せに通話を切られる。

まあ確かに僕が変なことを聞いたのが悪いんだけど……

「セックスなんてただの性欲解消だろう？　幸せなんてそんなもの――」

（うーん、いわゆるハッピーホルモンってやつか？）

医学的根拠なんかないものは、抽象的過ぎて僕には理解できない。

昔はわからなかったけれど、今後僕がまた挿入できるようになれば理解できるのか。

（そもそも『好き』っていう感情がわからないのに無理かな）

僕は椅子に背中を預けて、ぼんやりとパソコン画面を眺めた。もう少し論文を読んでおきたかったけれど、やはり集中できない。

そういえば音々はまだ後片付けをしているのだろうか。

この部屋に入ってから三十分以上経っているのに気づいて、僕は書斎を出た。

キッチンの明かりはすでに落とされていて、リビングだけが明るい。そしてソファに横になっている音々の姿があった。

「終わったんなら呼びにくればいいのに」

そう口にして、そんなことするわけないかと思い直す。

昔から音々は僕がなにかに集中している時――勉強でも読書でもテレビでも――邪魔することはなかった。

まあ、彼女自身も、雑誌を読んだりタブレットを見たりして過ごしていた。時折僕に見惚れて悶《もだ》えてもいたけど。

書斎に僕がこもった時点で、僕が出てくるまで彼女が待つのは自然なことだ。

僕は、小さく口を開けて油断しきっている音々の寝顔を眺めた。やや幼さが滲《にじ》み、学生時代の彼女の面影がある。

少し眉根を寄せると、音々がごろんと動く。ロングカーディガンの裾《すそ》が広がり、むっちりとした太腿《ふともも》が露《あら》わになった。胸元も乱れ、襟ぐりからは僕が用意したランジェリーが見えた。

バスルームから出てきた時は恥ずかしそうにしていたのに、おそらく料理をして食事をとるうちに自分がなにを着ているかなんて忘れたのだろう。

「無防備というか無頓着《むとんちゃく》というか緊張感が足りないというか……」

いや、部屋に入ってきた当初は緊張していた。そしてその緊張が解けた反動がこの姿なのだろう。

滑らかな膝小僧に、やわらかそうなふくらはぎに小さな足。

僕はそっとロングカーディガンのボタンを外していった。そして開く。

「ああ、やっぱりいいな。よく似合っている」

ふんわりしたベビードールが透けて、音々の胸や腰回りを扇情的《せんじょうてき》に見せていた。音々のあどけなさと、肉感的な体のラインとが相反していて艶《なま》めかしい。

長く伸びた髪を払うと、僕は音々の胸をそっと揉んだ。

やわらかくて弾力のあるそれは揉んでいるうちに、その先端を尖《とが》らせていく。

「んんっ……」

布地を盛り上げたそこに僕は舌を這わせた。

「あんっ……なにっ」

さすがに音々も目覚めたようだ。構わずに僕はベビードールの上から指と舌とで乳首を嬲《なぶ》った。

「ひゃっ、明樹くんっ！」

「さあ、音々、目が覚めたなら寝室へ行こうか」

僕はソファでロングカーディガンを脱がせてしまうと、ランジェリー姿の音々を寝室へ連れ込んだ。

＊　＊　＊

私はぽすんとベッドに押し倒される。

間接照明だけの寝室はしっとりとした雰囲気で、明るさが抑えられているものの暗いわけじゃない。

ちょっとソファでうたた寝していただけなのに、いつのまにかおっぱい舐められて、いやらしいランジェリー姿を明樹くんにさらしていた。

咄嗟《とっさ》に両腕で隠してみるけど、どこをメインに隠せばいいのかわからなくて中途半端になってしまう。

「音々、超ミニのドレスみたいでかわいいよ。よく似合っている」

「……ど、どうも」

ここでお礼を言うのもおかしな気がしたけれど、みっともないと言われなくて良かったと思うべきか。

「音々は気づかなかったんだな。これもこのランジェリーとセットだ」

私が端っこにまとめていたその他のランジェリーの中から、レースのような紐のようなものを取り出すと、明樹くんは私の手首にレース部分をはめた。

ゴムタイプのそれはまるでレースのシュシュみたいな感じ。

両手首にはめると、今度は同じように足首にもはめる。

あれ、これなんかおかしいよね？

右手と右足首、左手と左足首の間が短いリボンで繋がっている。

――そう、短い。

手を挙げたり、脚を伸ばしたりしたら切れてしまいそう。

「明樹くん、これ……」

「乱暴にすると切れるかもしれない。切れたらお仕置きだ」

「え？」

「だからこの位置からあまり動かさないように」

私の両手を枕の横に押し付けて、そして両膝を折り曲げさせて開いた。

閉じようと伸ばしかけると、ぴんっとリボンが突っ張る。

こ、これ見た目はレースとリボンでかわいいし、繊細そうなつくりだけれど……ええといわゆる拘束具ではないだろうか。

明樹くんは私の足元で膝立ちになると、じっと眺めてくる。

「いいな。隠しているのに隠れてなくて、見えづらいけど丸見え」

ええと日本語おかしくないですか？

でも明樹くんの言う通りだ。

布が肌を覆っているのに、透けているんだから意味がない。

「さあ、治療開始だ。音々、僕のためにたくさん啼《な》いて、乱れて」

私はこの格好と姿勢とに激しい羞恥《しゅうち》を覚えて泣きそうな気分になりつつ、彼の言う通りにするしかなかった。

明樹くんは上半身裸になって私の上に覆いかぶさると、緩く抱きしめてくれた。そうして私の顔が見えるように髪をよける。両手で頬を包むと啄《ついば》むようにキスをする。

たったそれだけで、奇妙な緊張がやわらいでいく。

こうして彼の部屋で、寝室のベッドの上で、抱きしめられてキスをされていることが、やっぱりどこか夢みたいだ。

私はおずおずと明樹くんの背中に腕をまわした。両脚を開脚していればなんとか背中に触れられる。あの頃よりも肩幅ががっしりしている気がする。背中も広くて私がすっぽり包まれる。

唇を舌で舐められて、私は口を開けた。ゆっくりと舌が入ってきて互いに絡め合う。

明樹くんの舌は私の口内を探るように、歯列をなぞり上顎《うわあご》をつついて、頬の裏側をくすぐった。

唾液《だえき》がすぐにあふれてきて、ぴちゃぴちゃといやらしい音がする。

舌を絡めてきゅっと吸われた瞬間、体がびくっと震えた。

キスだけなのに、そこから全身に緩やかな痺《しび》れが広がっていく。

明樹くんの掌《てのひら》が、ランジェリーの上からゆっくりと肌をなぞっていった。

優しくゆっくりと胸を揉みこんでは揺らす。そのたびに尖《とが》った乳首が布を押し上げてこすれる。

触れられてもいないくせに、まるでそれを望むように存在を主張するのがわかった。

「はる、きくん」

「音々、いやらしい表情している。ほら舌出して。いっぱい舐めてあげるから」

私は彼の言う通り口を開けて舌を出した。出した舌の裏や横を明樹くんの舌がつつく。舌の表面を舐められると唾液《だえき》を飲み込めなくなって、こぷりと顎《あご》を伝っていった。

「音々、だめだ」

ごくんと飲み込もうと舌をひっこめると、そう窘《たしな》められる。

舌を出したまま絡め合いながら胸を揉まれて、私はだらだらと唾液《だえき》をこぼした。顎《あご》や首に伝うのを感じるたびに、もうひとつの体液があふれてきそうになる。

ベビードールの胸元はすぐに緩んで胸が露《あら》わになった。すでにぷっくり膨らんでいたそこを明樹くんはちゅうっと吸い上げた。

「ひゃぁ……あんっ」

そのまま唇で食んで舌で転がす。もう片方も指先でいじられると腰が揺れた。

甘く優しい愛撫を私の体は覚えている。

そう、そんな風に挟んだり捏《こ》ねたりされるだけで気持ち良かった。

舌で擽《くすぐ》られると、小さな痺《しび》れがいくつもそこから広がっていく。

明樹くんは私の胸を揉みながらも、指や舌で交互にかわいがる。

明樹くんはわざと性急に私を追いつめて、強引にイかせることも多かったけれど、ただひたすら私の体を愛撫して、ゆっくりと快感を高めていくこともあった。

そしてそんな抱き方はまるで大事な宝物のような気分になれた。どこまでも甘やかされてぐずぐずに蕩けて、なにもかもが曖昧《あいまい》になる。

だから私は、たまにしか明樹くんに会えなくても、まともなデートをしなくても、一方的なやりとりが大半でも——自分が彼女だと思えたのだ。

他の女の気配もなかった。

私の心を翻弄《ほんろう》するような駆け引きもしなかった。

恥ずかしい行為をされて戸惑いはしても嫌じゃなかったのは、明樹くんがどこまでも私を気持ちよくさせようとしたから。

慈《いつく》しむような抱き方をしたから。

「はる……くんっ、胸ばっかりっ」

「音々の胸、前より大きくなったからか、やわらかくておいしい」

「あっ……ああんっ！」

「さっきから軽くイくようにはなったけど……まだもどかしいな」

そんなことない。

さっきから股の間はすごいことになっている。元々覆う面積は狭いし透けているしで意味をなしていないと思う。

「明樹くんっ、触って！」

「んっ、どこを？」

「音々の、音々のっ……いやらしいところ弄《いじ》って！」

「いいよ、ほら」

朗らかにそう言うと、明樹くんは私の手をとってその場所へと誘《いざな》った。重なった指がともにあふれたソコに触れる。

「ひゃんんっ」

「染みてドロドロだ」

明樹くんは太腿《ふともも》の裏を押さえてその部分を注視する。

いやらしいランジェリー、そしてつるつるになって丸見えのソコ。

「音々、すごくいやらしいよ。毛がないから全部丸見え。まるで綺麗な花が咲いているみたいだ。花びらがふわりと広がって、花弁の色が奥へいくほど薄いピンク色になっている。一番弱い花芯なんか蜜をまとって光って宝石みたいだな……」

明樹くんは情感たっぷりに表現する。貶《おとし》めるような言葉は使わない。

明樹くんはパンツをずらすと、すっと指を中に差し込んだ。

「やっ……明樹くんっ、ああっ」

「中もむくんで僕の指を締め付けてくる。ほらもっと触ってあげるから、音々はこの宝石を弄《いじ》ってごらん」

恥ずかしくてたまらないのに、優しく囁《ささや》かれると、ますます快楽に染まってしまう。

そうなれば理性など儚《はかな》い。

「僕と離れていた間はさぼっていたんだろう？　やり方を復習しよう」

私は中指を花芯にそっと押し当てると、円を描くようにゆっくりと撫でまわした。

ベビードール姿で開脚して、つるつるになった場所をさらして自慰をする。

それも明樹くんの前で。

明樹くんは私の動きに合わせるように、ゆっくりと指を出し入れした。一本だけなのがもどかしくてたまらない。もっとたくさんの指で中をかきまぜてほしいのに、明樹くんはただ緩やかに一方向のみに動かす。

私は自身で快楽を深めるべく、くるくるとそこを弄《いじ》った。勝手に腰が揺れて、気持ちのいい場所にあたるように誘導してしまう。

クリトリスはものすごく膨らんで、そこだけでも蜜が染みている気がした。

「あっ……はぁ……あんっ、んんっ」

明樹くんがじっと見ている。彼の指まで利用して気持ちよくなろうとしている私の浅ましい姿を。けれどその目はどこまでも穏やかで優しくて、だから私は素直にすべてを委《ゆだ》ねてしまう。

「明樹くんっ、明樹くんっ」

「音々……」

縋《すが》るように名前を呼べば、明樹くんもまた熱っぽい声音で呼んでくれた。

たったそれだけで体の奥が疼《うず》く。もっと気持ちよくなりたくて、少し激しく花芯をこする。

私はどうしてもイきたくなって脚を突っ張ろうとした。瞬間、手首と足首を結ぶリボンがぴんと引っ張られる。

ああ、そうだ、脚は伸ばせないんだ。強引にすれば簡単に切れる気もするけれど、それをしたらお仕置きが待っている。

(明樹くんのお仕置きって……なんだっけ?)

いやらしいことだとは思うけど、どういういやらしいことなのかわからない。

「明樹くんっ、イきたい。音々イきたいのっ」

「脚を伸ばさなくてもイけるようにしたのに。足りないならおもちゃ使う？」

「おもちゃ……」

「そう、音々が好きだったやつ、新しいものを買ってある。脚を曲げたままイく練習するのに使ったのは覚えている？　音々が自分でぐしゅぐしゅ出し入れするんだ。僕の前で練習したろう？」

あぅ……思い出した。

明樹くんの前で自慰の練習を何度かしたけど、私はなかなかうまくイけなかった。いつも最終的には明樹くんに手伝ってもらって、だから見かねた明樹くんがおもちゃでやる方法を教えてくれたっけ。

「あれはっ……あれはいや」

「でも音々、おもちゃ使うと気持ちよさそうだったけど」

「そう……だけど、でもっ」

「僕の指じゃ、音々の一番気持ちのいい場所には届かない。僕がいない時、少しでも君を慰《なぐさ》められるように細めだけど長いもの選んだ。スイッチいれたらぶるぶる振動して、君の気持ちのいいところいっぱい刺激してくれる」

ああ、そうだ。

明樹くんがスイッチを切ったり入れたりして意地悪するから、自分で動かすこともあった。弱い部分にあてればもどかしさから解放される。

「あっ……あああっ」

「思い出したか？」

明樹くんが耳元で、低い声で囁《ささや》いた。色っぽくてハスキーなその声までもが私を狂わせる。

『音々は僕のでなくても、こんなおもちゃでも感じるんだね。僕がいなくても大丈夫だね』そんな台詞《せりふ》までも思い出した。

「音々のココは正直だな。いっぱい涎《よだれ》垂らして、ぎゅうぎゅう僕の指を締め付けて、食べられそうだ」

確かにおもちゃでイくことはできた。気持ちもよかった。でも、でもっ！

そのあとはいっぱい寂しくなったの――

「おもちゃは嫌なのっ、明樹くんがいいのっ、音々は明樹くんじゃなきゃ嫌！」

「でも今の僕にはそれはできない」

私の耳の奥に静かにその台詞《せりふ》が告げられて、そして私に痛みを与えるように、耳たぶが小さく噛まれた。

指の動きを止めた明樹くんと目が合った。

明樹くんは苦悶の表情を浮かべていた。必死に抑え込んで耐えようとしながら苦しんでいる。

額《ひたい》にはうっすらと汗が浮かんで、前髪が張りついている。

「音々、僕はできないんだ」

――ああ!!

そうだよっ、私だけ勝手に興奮して乱れているけど、明樹くんにはどうすることもできないんだよ。なのに明樹くんじゃなきゃ嫌、なんて追いつめるような言葉を口にしちゃった。

「ごめ……ごめんなさい、明樹くん」

「いいんだ、音々。君の望み通り、おもちゃじゃなくて僕自身で音々をよがらせたい。でも今の僕には無理だからおもちゃを用意したんだ。僕は乱れている君を見ると興奮する。君がイけば僕も勃起して射精できるかもしれない」

「私……」

「音々、音々が自分でしてイくところを僕に見せて」

苦しそうに眉根を寄せて、明樹くんが懇願《こんがん》してくる。

私がますます傷つけてどうするの！　苦しんでいるのは明樹くんなのに！

なんでもするって言ったのに。

「明樹くんっ……私、するからっ……」

「ありがとう、音々。僕のが元気になったら、音々の中にいれさせてね。でも今夜はこれを僕の代わりだと思って」

明樹くんはどこからかおもちゃを取り出してきた。

そうして避妊具をかぶせると、それを私に見せた。

透明の樹脂製でうっすらピンク色をしている。形はアレだけどそんなにグロテスクな感じはしない。

私はごくんと唾を飲み込んだ。

「音々もいれるのは久しぶりだろう？　だから少し小さめのを選んだ。うまく動かせば音々の気持ちのいいところぐりぐりできる」

明樹くんが指一本しかいれてくれなかったからじれったかったけれど、久しぶりの私に配慮してくれてたんだなと思った。

物足りないなんて駄々をこねた自分が浅ましいし、いやらしい。

「舐めて、音々」

口元に近づけられて、私はおずおずと口を開いた。そうして舌でおもちゃを舐める。最初は避妊具の味がして、そして弾力のある感触があった。

明樹くんは僕の代わりだと言った。

だから明樹くんのものを舐めているつもりで、そっと舌を這わせた。本当なら直接明樹くんのを舐めてあげたいけれど、もしそれで途中で萎《な》えたりしたらお互いショックを受けそう。

私は唾液《だえき》を溜めると、できるだけ口を大きく開けてそれを受け入れた。

おもちゃを頬張って舐める私の姿を、明樹くんは切なそうに見つめる。

(明樹くん……明樹くんのが元気になりますように)

くちゅくちゅと音がしだすと明樹くんはゆっくりとそれを引き抜いた。唾液《だえき》がねっとり絡みついて卑猥《ひわい》な色になっている。

「音々、大丈夫だから」

明樹くんは私をそっと抱き寄せると、キスをしてくれる。おもちゃとは違う、やわらかくて熱くてぬるぬるとした彼の舌を、必死でとらえた。

やっぱり明樹くんがいい。

おもちゃじゃなくて、彼の体温や味や匂いを感じたい。

激しいキスをしながら、明樹くんはゆっくりとおもちゃの先端を私の穴の周囲にあてる。

少し遠のいていた快感は、明樹くんにキスをされるとまた戻ってきて、おもちゃの先がクリトリスと軽く擦れるたびに、蜜が落ちていく。

「んっ……んん」

上のお口は明樹くんの舌で唾液《だえき》をあふれさせ、下のお口はおもちゃで蜜をこぼす。

明樹くんはゆるゆると浅く出し入れしはじめた。

勝手に腰が動いて、彼の気遣いなど無視をして自ら欲しそうになる。

「あっ……あんっ」

蜜塗《まみ》れになってすっかり緩んでいたそこは、抵抗などせずにおもちゃを飲み込んでいった。キスが離れて、明樹くんの視線がそこに釘付けになる。

「音々、手を」

私の手をとって片方を胸に、もう片方をクリトリスに導《みちび》いた。

私はもうためらいを捨てて、自慰に没頭する。

「はっ……んんっ」

乳首をこすって、クリトリスを強めに弾《はじ》く。そのたびにおもちゃが私の中へと沈んでいく。すべてを受け入れると、明樹くんは緩やかにおもちゃを出し入れし始めた。指では物足りなかった場所が埋められる。

脚が伸ばせない分、私は自ら腰を振ってその動きを手助けした。

「はる、はるきくんっ」

「気持ちいい？　音々。顔がすごく蕩けてる。ああ、ほらいっぱい濡れてきた」

「あっ、気持ちいい……気持ちいいよっ」

「ああ、音々のいいところいっぱいこすってあげるね」

「うんっ、明樹くんっ、いっぱい、いっぱい気持ちよくして」

そうして明樹くんはおもちゃのスイッチをいれた。ぶぶぶっと振動して、私は高く甘い声を上げる。

「たまらない、音々。ほらもう自分でできるだろう？」

明樹くんは私におもちゃを渡してくる。

彼の前でいやらしい格好をして、おもちゃを使って自慰をする。

恥ずかしくてたまらないのに、それで興奮してくれるなら、少しでも元気になってくれるなら、いやらしいところいっぱい見てほしい。

私は自らおもちゃを出し入れした。明樹くんの指では届かない奥まで入れる。前後に激しく動かしながら、浅いところと奥とを交互に刺激した。

おもちゃの一部をクリトリスにあてれば、心地よい振動が全身に熱を運んだ。

「あんっ……んっ、はぁっ……はる、くんっ」

「音々」

見れば明樹くんがズボンを脱いで下着の上から自らをしごいていた。

(あ、もしかしたら硬くなった?)

「はるくんっ」

「音々……硬くなった。ああ……音々、もっと乱れて」

明樹くんが熱い息を漏らして俯《うつむ》く。

必死で手を動かしているのを見て、胸の奥がきゅんとした。

彼の動きに合わせるように私もおもちゃを動かす。

明樹くんに見えるように。

どれだけ感じているか、気持ちいいか。

だってこのおもちゃは、明樹くんだから。

「明樹くんっ、気持ちいい、気持ちいいよっ。硬くて激しくて、あっ、音々、もうっ」

「音々、もっと激しく動かして。そう」

私は振動するおもちゃを必死に動かした。感じすぎて自分がそれを必死に呑み込もうとしているのがわかる。

「イって、音々。僕もイきたい。音々、一緒に」

「あっ、はるくんっ、イく、イっちゃう」

「音々！」

私がおもちゃで達するのと同時に、明樹くんのものが飛び出して、そして私のお腹の上に白いものが飛び散った。


寝室に互いの荒い息の音が響く。

そこにスイッチが入ったままのおもちゃの振動が重なった。私は肩で息をしながらも、なんとかおもちゃを取り出した。

そしてベビードールを濡らした精液をじっと見る。

久しぶりに嗅《か》いだ……独特の彼の匂い。

こんなの普通だったら嫌なのに、相手が明樹くんだとものすごく嬉しい。

射精を終えた明樹くんは茫然《ぼうぜん》自失の状態で虚《うつ》ろな目をしながらも、壮絶な色香を放っていた。

汗で湿った肌。激しく隆起《りゅうき》する胸。仄暗さを滲《にじ》ませた眼差し。

そこには、人当たりのいい好青年の姿はどこにもなくて、彼の中の雄が露《あら》わになっている。

セックスの時にだけ見られる、明樹くんが決して表に出さない一面。

心臓がどきどきするのは興奮しているせいだけじゃない。

強烈にどうしようもなく明樹くんに惹きつけられて、こんな時私は自覚してしまう。

（やっぱり好き……明樹くんが好き）

償《つぐな》いとか治療とか、本当はどうでもよくて、たとえ明樹くんが私をなんとも思っていなくても、私はやっぱり彼に惹かれてしまう。

優しくて穏やかな彼も好き。

でも、意地悪で二面性があってちょっと病んでいそうな彼も好きなのだ。

セックスの時それは顕著《けんちょ》になる。

でもその時だけにしか見られないから、私は昔も恥ずかしく思いながらも彼の要求に応じてきた。

明樹くんは、じっと精液塗《まみ》れの自分の手を見つめていた。

そして私へと視線を向ける。

声をかけたいのにかけられない、そんな空気があって、私はただ明樹くんを見つめることしかできなかった。

勃起してよかったとか、射精できてよかったとか……そんな言葉が空虚《くうきょ》に思えて。

きっと彼が抱えてきた苦悩は、そんな単純なものじゃない。

「射精できたのは……久しぶりだ」

まるで独り言のように呟く。

「悪い。音々も汚したな」

私は体を起こして緩く首を横に振ると、ベビードールを脱いだ。そしてそれで明樹くんの濡れた手と私の肌に散ったところを拭った。

「どうせ私のでもいっぱい汚れちゃったから」

「音々」

明樹くんが私の肩に額《ひたい》をつける。

熱い吐息を漏らして、ぽつりと汗を落としながらどこか甘えた様子が愛しくてたまらない。

今の私はお嬢様じゃない。借金抱えて、必死に働いている使用人。

私が明樹くんに与えられるものなんて、なにひとつない。

でもそれは昔もそうだった。私はなにもできなかったし、なにも知らなかった。

だから別れてから、もしかして恋人だと思っていたのは自分だけかもしれないと気づいた時、心のどこかで納得したのだ。

私は振動したままだったおもちゃのスイッチを切った。

私はこのおもちゃと一緒だ。

彼が気まぐれに手にして、時々気持ちよくさせて、飽きたら捨てることのできるおもちゃ。

それでも、少しでも明樹くんの役に立てるなら、おもちゃになっても構わない。

彼の望む通り、必要とする限り、そばにいられるのなら。

私は彼の背中に腕をまわしてそっと抱きしめた。

第二章

高遠家のお屋敷は二十四時間体制で警備が敷かれていて、お屋敷内の宿泊可能な控室で警備員が一人、常に待機している。

結愛ちゃんのお兄さんが勤務している警備会社から配属された、すでに現場を退いた年配の方々が三交代制で勤務している。

まあ、お屋敷は不特定多数の人が出入りする場所ではあるけれど、基本個人宅だし、よほどのことがなければ危険はない（はずだ）から、実際はのんびりまったりとした雰囲気だ。

だって彼らは、休憩時間は執事の斉藤さんとよくおしゃべりをしているし、お屋敷内を見回りながら雑用を手伝ってくれたりもするし、私のことも孫みたいにかわいがってくれる。

もちろん年を経てもトレーニングは欠かさないらしいから体は逞《たくま》しいし、いざとなれば頼りになる存在ではあるんだけど。

そして、その控室の掃除も私の仕事のひとつだ。

いつもならゆるーい空気が流れているそこは、今はちょっとピリピリしていた。

なぜなら、久しぶりにお屋敷に若い男性がやってきたから。

数日前、仕事の関係で珍しく高遠さんに二週間の海外出張が入った。

結愛ちゃんと結婚してからは、出張は長くて一週間だったから、こんなに長いのは久しぶり。

最低で二週間、状況次第では伸びる可能性もあるということで、そんなに彼女と離れていられない高遠さんは、今回結愛ちゃんも一緒に連れて行くことにした。

結愛ちゃんは最初こそ、お仕事の邪魔になりたくないし、こっちで留守をきちんと預かりたいからと遠慮していたけれど、まあ、高遠さんが連れて行くと決めたら結愛ちゃんが拒めるわけがない。

それに結愛ちゃんは結婚式が終わってから、ちょっと燃え尽き症候群みたいになってしまった。

疲れからか体調も不安定だったし、こんな時に長期の出張で離れているのはお互い不安だったのだろう。

だから今、高遠さんと結愛ちゃんはお屋敷にはいない。

そして『結愛がいない間に、せっかくだから』と、高遠さんはお屋敷内のセキュリティレベルを検証・調整することにしたらしい。

そのために警備会社からやってきたのが、警備調整関係の責任者となる新田《にった》さんだった。

年齢は多分、高遠さんと明樹くんの間ぐらい。

検証作業のためのスタッフを統括して、私にはよくわからない作業をお屋敷の敷地内のあちこちでやっている。

「梨本さん、ちょっといい？」

「はい」

ひと仕事終えてお屋敷内のスタッフルームに戻ると、新田さんに声をかけられた。

スタッフルームには複数台のカメラが設置されていて、敷地内のあちこちの映像が映っている。屋敷内はもちろん、レストランやチャペル周辺も。

時折センサーの動作確認をしているようで、ピーピー警告音が鳴っていた。

「関係者の名簿を見せてもらっているんだけど、履歴書を含めた個人ファイルはある？」

高遠さんには、新田さんが求めてきた資料はすべて見せていいと許可をもらっている。だから私は素直に引き出しからファイルを出して渡した。

「ありがとう」

こうして見ていると、彼は警備会社の人間というより、まるで大企業のエリートサラリーマンのようだ。高遠さんの秘書と言われたほうがしっくりくるぐらい。

モデルみたいなすらっとした体型で、整った綺麗な顔だちをしている。

清さん主催のサロンはいつも通りに行われているので、彼を見かけた生徒さんたちが、屋敷内には珍しい若いイケメンの姿に、黄色い声を上げていた。

でも私はちょっと落ち着かない。

期間限定とはいえ新田さんがここに来ることになった時、高遠さんには彼に対して全面的なサポートをするよう指示された。

要は、私は彼の言いつけに従う雑用係を任命されたのだ。

だから彼もなにかと私に声をかけるし、私も他の仕事より彼の指示を優先しなければならない。

おかげでいつなにを命じられるか見通しがたたなくて、ずっと緊張している状況なのだ。

「それから、夕方頃またお屋敷の庭を案内してもらえるかな」

「はい」

庭って言うより敷地の端から端だけど。

今朝も早朝に付き合わされたのだ。時間帯による敷地外との様子の違いを知りたいと言っていたけど、朝一度案内したんだから、夕方は一人でやればいいのにと思わなくもない。

でも仕事だから従うしかない。

「あの、明日は私、お休みをいただいているのでこちらにはいません」

「ああ、いない間は別の人に頼むよ。でも君ここに住み込みじゃなかった？」

「ゆ、友人のところに遊びに行くので」

「そう。わかった」

この後の休憩時間、本当はスタッフルームでお茶でもしたかったけど、居心地が悪そうだから、私は厨房《ちゅうぼう》へと逃げ出した。

(なんか苦手なんだよね、あの人……なんだろう。気難しい学校の先生みたいな雰囲気だからかな)

厨房《ちゅうぼう》の冷蔵庫を覗《のぞ》き込んで、今のうちだと私は材料を取り出す。

明日、私は一日お休みだけど平日なので明樹くんはお仕事。

でも約束通り、私は自分のお休みの日は明樹くんの家に通っている。

私がいれば治療可能なので、少しでも時間があれば私は治療に協力していた。

それはもう、彼の要望通りに素直に。

自慰をしてみせるのはもちろん、おもちゃも使うし、いやらしい格好もするし、キッチンとかバスルームでもするし……まあ、積極的に協力中だ。

まだ挿入まではしないけれど、勃起から射精まではスムーズになっている。

最近の明樹くんは、新しい研修先の科が忙しいのか、厳しい患者さんを受け持っているのか、お休みの日でも病院にいるようで、部屋の片付けや自炊ができていない。

だから私は明樹くんに会えなくても、自分が休みの日や余裕がある日はマンションに通って、部屋の掃除をしたり作り置きのおかずを差し入れたりしていた。

明樹くんは『音々は僕の家政婦じゃないから、そこまでしなくていい』と言ってくれたけれど、私は好きな人のためにできることがあるならしてあげたくて、強引にやっている。

学生時代の私は掃除も料理もまったくできなかった。

せっかくお屋敷勤めでいっぱいできるようになったし、ちょっとは成長したところを見てほしい。ついでに役に立つことをアピールしたい。

だって、治療が終わったら私たちは会う理由がなくなる。

治療が終わった後も、都合よく便利に使ってもらいたい。

明樹くんのそばにいられるなら、私はどんな立場でも関係でもいい。

好きな人のためになにかできる、今の私はそれだけで、存在を許された気分になる。

なにもかもを失くした私が、唯一手に入れることができたのが再会できた明樹くんと過ごす時間だもの。

そして明樹くんの健康を、私のお料理で守ることができるならそれも嬉しい。

私はせっせと明樹くんのための作り置きのおかずを調理した。

勤務時間を終えた後、保冷バッグにおかずを入れた保存容器を詰めて、いつでも出かけられる準備をする。

シャワーを浴びて、そして明樹くんからプレゼントされた（押し付けられた）彼好みのランジェリーを身に着けて、その上からニットワンピースを着た。

オフホワイトのざっくりニットだから体のライン（下着のライン）があまり目立たないうえに、体をしめつけないので楽なやつだ。

明樹くんは必要最低限のものは家に置いていいと言ったけれど、さすがにそれは図々しい気がして（今の私はそういうことも理解できるようになったのだ！）遠慮している。

まあでもそうなると、結局彼のお家では彼がせっせとネット通販で購入しているものが増殖し始めているんだけどね。

それに持参したって、あったかさ重視のパジャマ代わりのスウェットなんて、むしろ処分されそうだ。

そうして新田さんとの約束の時間にスタッフルームに向かった。

「お待たせしました」

彼はすでに待機していたようで、私が声をかけると振り返ってかすかに目を瞠《みは》った。

「そうか、この時間は勤務時間外か……」

ああ、私が私服を着ているからか。

ここで働くのに制服はないけれど、一応上は白いシャツに下は黒いボトムスになっている。

私は黒い膝丈のフレアスカートを着ることが多い。背が低いせいかパンツスタイルが似合わないからだ（脚が短いからじゃないと思いたい）。

碧さんなんかスタイル抜群だから、気分に応じていろいろ変えているし、タイトスカートもパンツスタイルもよく似合っているんだけど。

「お気になさらず。きちんと業務時間外手当ていただいていますから」

お屋敷に住み込みだからこそ、勤務時間はきちんと決められている。

いきなりお客様がいらしたり、急に用事を申し付けられたりといった突発事項も多いから、時間外業務はたまにある。

そのあたり、執事の斉藤さんがしっかり管理してくれているのだ。

「今朝、ご案内したルートと同じで構いませんか？」

「ああ、大丈夫」

「では、行きましょう」

夜明け前と、日没後の薄暗い時間帯と深夜帯のお屋敷周辺を確認したいらしい。すでに外側からはチェックしたようで、今回はお屋敷内だ。

敷地は広く、お屋敷周辺のお庭はきちんと手入れされているけれど、隣地との境目の壁沿いは自然なままの部分も多い。

もちろん定期的に草取りや植木の剪定《せんてい》はされている。

私がお屋敷に勤め始めた当初は、敷地内の草取りを通して避難経路の確認とかをさせられたので、どうしたら最短距離でお屋敷と敷地の端との間を行き来できるかぐらいは把握《はあく》している。

新田さんは朝と同様、タブレットで写真を撮りながら防犯カメラの位置やそこに映る映像を確認していた。

こんな時間帯に壁沿いを歩くことはないから、耳慣れない外部の音がやけに響いてくる。

道路を走る車の音、隣家のペットの鳴き声。

たいがいはしんと静まり返っていて、私と新田さんの足音が一番聞こえるんだけど。

「梨本さん」

「はい」

「斉藤さんには伝えたけど、来週は二日か三日間、夜間のセキュリティチェックをするから、お屋敷に泊まり込むことなった」

「日にちは決まったんですか？」

そのことは事前に聞いていた。

だから日程が決まり次第、お屋敷内に新田さんのお部屋を準備することになっている。

「明後日《あさって》には決まると思う」

「そうですか。お部屋はすぐにご用意いたしますので、決まりましたらいつでもお申し付けください」

「ああ、ありがとう」

新田さんは壁の上部だけでなく下部や、周囲の木々や外部から入る外灯の明かりなど入念に確認していた。

朝とは違い、だんだんと暗さが増しているせいだろうか。

お屋敷から距離が遠ざかるほど、闇に覆われ始めてなんだかちょっと怖くなる。

(このお屋敷の敷地、広すぎなのよ)

もちろん、庭に埋め込まれた人感センサーが反応して一旦は明るくなるんだけど。

がさっとなにかの音がして、私は思わず小さく悲鳴をあげた。

すぐさま新田さんが私を庇《かば》うように腕を伸ばす。一瞬で彼の纏《まと》う空気が変わって、周囲を警戒するように見回した。

(やっぱりプロなんだ)

見た目は硬派なイケメンモデルって感じなのに、発する空気は只者《ただもの》じゃない。

碧さんからは、彼は元々警察官で要人警護を担当するSP経験もあるのだと聞いていた。ケガが原因で現場を離れたらしく、それで民間の警備会社に勤めるようになったのだとか。

新田さんは胸元の小さなマイクを通して、屋敷内にいる警備スタッフとやりとりを終えると警戒を解いた。

「大丈夫だ」

「はい。あのすみません。叫んだりして」

「いや、こんな時間に付き合わせたこちらが悪い。そろそろ戻ろう」

「終わったんですか？」

「ああ、ありがとう」

お庭を後にして新田さんとともにお屋敷に戻る。

ライトに照らされた洋風庭園は幻想的な雰囲気で、その向こうのお屋敷もまるで海外にいるような景色。

私はこのお屋敷が好きだなと思う。

広大で豪華で贅沢《ぜいたく》な雰囲気もあるけれど、同時にどこか懐かしくて温かいものを感じる。

ここにいればずっと守られているような、大事にされているような、そんな安心感があるのだ。

きっかけは災難だったけど、今となっては本当に祖母のおかげで繋がった縁が私を救ってくれたのだから、ある意味ありがたい。

「他にご用はありませんか？」

スタッフルームに戻ると、私は新田さんに声をかけた。

彼は警備スタッフと顔を見合わせて確認すると「いや、なにもない。ありがとう」と言った。

「それでは失礼いたします」

よし、これで明樹くんのところへ行ける！

共有アプリで確認したところ、今日の明樹くんの予定表には夕方から研修医の合同研修会とあった。研修会というからには帰りは遅いのかもしれない。

私は『これから向かいます』とメッセージを送った。

そうして、このまま出かけられるようにとスタッフルームに持ち込んでいた荷物を手にする。

「待って、梨本さん」

「はい」

呼ばれて振り返る。え、またなにか用事があるのだろうか。

「今から出かけるんだろう？　もう暗いから目的地まで送る」

思ってもみないことを言われて、私は単純にびっくりした。

「いえ、タクシー使うので大丈夫ですよ」

お屋敷の人たちにも口を酸っぱくして言われているから、こんな時間に一人で出歩くような真似《まね》はしない。

「タクシー代ももったいないだろう？　勤務時間外に付き合わせたのはこちらだから、せめてそれぐらいはさせてほしい」

いや、タクシー代は明樹くんからいただいているし、時間外勤務の手当てもきちんと出る。だから新田さんが気にする必要はなにもない。

「ありがとうございます。でもお気遣いは不要です。お気になさらないでください」

私はにっこり笑って、新田さんの申し出を断った。

私は確かに新田さんの申し出を断った。

だって彼に送ってもらうような必然性をそもそも感じなかったからだ。

なのに、なのに！

私は今、新田さんの車の助手席に座っている。

なぜなら、偶然私たちのやりとりを目撃した碧さんが、なぜか口を出してきたからだ！

『せっかくなんだから送ってもらいなさい、音々ちゃん』と有無《うむ》を言わせぬ口調で。

そのうえ、彼は彼で私の荷物を奪って、さっさと歩きだしてしまった。

荷物を人質《ひとじち》にとられては、どうしようもない。

あの中には明樹くんのために作った手料理が入っているんだから。

ちなみに、私は家族以外の男の人が運転する車の助手席に乗るのは生まれて初めてだった。

いつも後部座席に座っていたからね。

そのことを、助手席の扉を開けられて初めて自覚した。

行き先を尋ねられて、私は仕方なく明樹くんの家の近くの駅名を教えた。

「友人と会うんだったな」

「……はい」

私はなぜか奇妙な緊張を強いられている。

後部座席に座っている時は意識したことがなかったけれど、車の中って一種の密室だ。

そのうえ、なにげに隣との距離が近いし、声とかがやけに響く。

「うしろの荷物は食べ物？」

「え？」

「屋敷内の厨房《ちゅうぼう》から、いい匂いがしていたから」

「あ、はい。おかずをいろいろ……」

こ、こわっ。

なんかまるで探偵みたいに勝手に見抜かれている気がするし、警察に尋問受けている気分になる。

「友人って、男？」

私は思わず新田さんの横顔を見た。

彼はもちろんずっと前を向いて慎重に運転をしている。

「それ、答えないといけませんか？」

「答えなくても構わないけど、そういう言い方だと男だって答えていることになるな」

えー、そうなるかな？　ただのこじつけっぽいけど。

私は首をかしげてしまう。

「友人じゃなくて恋人か」

私は無言を貫いた。

高遠さんは私が明樹くんに会いに行っているのだと知っている。

高遠さんが説明しているかどうかは知らないけれど、お屋敷の人たちは黙って見守っている感じだ。聞きたそうにうずうずしている碧さんでさえ問いつめてはこない。

本当は恋人なんかじゃないけど、そんな風に思わせておいたほうが都合がいいから、曖昧《あいまい》に濁している。

私が黙ったままでいると、新田さんもそれ以上なにも聞いてこなかった。

さすがに空気を読んでくれたようだ。

うーん、どうしよう。明樹くんの家まで乗り付けるのはおかしいよね。個人情報は大事だ。だとすればやっぱり駅で降ろしてもらうのが一番かな。

幸い、明樹くんの家は私でもわかるぐらい駅から近い場所にある。

なんと徒歩二分！

だからいつかは電車で通えるようになるといいなあと、密かな野望も抱いている。いくら明樹くんからもらっているとはいえ、さすがにタクシー代もバカにならない。

平気でタクシーを使っていた頃を思い出すと、贅沢《ぜいたく》だったなあって思うもの。

「もうすぐ駅だけど、本当に目的地まで送らなくていいのか？」

「大丈夫です。駅から近いので」

「だったらなおさら、そこまで送る」

「友人の個人情報を知られたくないので、遠慮します」

新田さんは意外に強引だ。だから私も今度こそはっきりきっぱり言ってやった。

他人に流されまくっていた昔とは違う。私だって少しは成長したのだ。

「ふうん、一応警戒心はあるのか」

ぼそっと呟いていているようだけど聞こえていますよ。

本当は、明樹くん以外の男の人と二人きりで車に乗っているのだって、よくないと思うんだよ。

碧さんが妙な圧をかけなければ、こんなことにはならなかったんだから。

最寄り駅の周辺は繁華街だ。

ちょっとおしゃれなお店だとか、飲食店とかがあってこの時間帯だと人もあふれている。明樹くんの家は大通りから一本奥に入ったところにあるから静かだけど。

新田さんはすんなり大通りから駅前のロータリーに入ってくれた。

駅からは人がたくさん出てくる。

車が停車して、私はシートベルトを外した。新田さんは後部座席に置いていた荷物を渡してくれる。

「送っていただいてありがとうございました」

「いや、こちらこそ遅くまで付き合わせた」

「仕事ですから」

そしてドアを開けようとした瞬間、見覚えのある姿が目に入った。

(あ、明樹くん……すごいタイミング！)

ジャケットの上からコートを羽織った、ありふれた格好なのに、なぜかものすごく素敵に見えるのは惚れた欲目なんだろうか。

そうして私は、彼が一人ではなく、なおかつ女性の腰に手を回しているのに気づいた。

二人が駅へと歩いて近づくにつれ、隣の女性の姿がはっきり見える。

背の高い明樹くんの横でもバランスよくつりあっている身長。派手さはないのにスタイルがいいからか、すごく華やかな雰囲気。そのうえ理知的で品を感じる風貌《ふうぼう》。

見るからに美男美女のお似合いカップル。

だからか、二人の姿を振り返る人が何人もいる。

お互いの腰に腕をまわして、なにやら親密そうに話しながら駅へと入っていく。

(駅へ向かっているってことは研修会って今からなのかな？　でも病院はこっちの方向じゃないよね？)

頭の中が混乱する。

私が明日休みなことは、明樹くんも把握《はあく》している。そして前日の夜から向かうことも伝えている。

私はスマホを取り出した。

お屋敷を出る前に送ったメッセージは未読のままだ。

研修会の相手と、あんな風に密着して歩いたりする？

どう見てもあれは仲のいいカップルみたいだった。

それに明樹くんは、恋人以外の女性の腰に腕をまわすようなタイプじゃないもの。

以前の私だって、外では手を繋ぐぐらいだった。それも私がご褒美《ほうび》だと思うぐらいたまーに。

私は再会してから明樹くんに恋人の有無《うむ》を聞かなかった。

だって、すぐに合鍵を渡されたし、家には他の女の人の気配なんか一切なかったし、なにより明樹くんはセックスができない。

でもそんなの恋人がいない証拠にはならない。

スケジュールにあった研修会というのは嘘で、本当は彼女とデートだった？

（いやいや、っていうか別にどっちだっていいんだよね？　明樹くんに恋人がいようがいまいが私には関係ないんだし。私はただの治療のサポートだし）

膝の上が軽くなる。そしてかちゃっと金属の音がした。

荷物が再び後部座席に置かれて、シートベルトを締められたことに気づいたのは、音もなく車が発進してから。

「あ……え、なんで」

忘れていた。

私は隣に人がいることも、今自分がどこにいるのかもすっかり忘れていた。

通りへ出る信号もタイミングよく青になって、車はロータリーをスムーズに抜けていく。

「あのっ、私降ります！　ここで降ろしてください」

「君の友人は女性と二人で駅に行ったけど」

「ち、違う」

「違わない。君は友人を見つけてぱっと顔を輝かせた。それから隣にいる女性に気づいて固まった。血の気が引いたように茫然《ぼうぜん》としている様子を見れば、なにが起きたのかはわかる」

「新田さん！」

「そのうえ泣いている」

「は？　泣いてなんか！」

ない――そう叫んだ瞬間、ぱちっと水滴が跳ねた。

私は思わず自分の頬を触る。うわ、本当だ。涙が出ているみたい……勝手に。

「……本気で気づいていないのか」

なんだ、これ。

だって今度こそ勘違いしないように言い聞かせたよね。

まあ、好きだって自覚はしても、どうせまた片思いで終わることは最初からわかっていた。

現実を目《ま》の当たりにしてショックを受けるのはおかしい。

私は治療のために明樹くんの家へ行く。

彼は仕事が忙しいし、二人の休みが合うことも稀《まれ》だから、わずかな時間でもタイミングが合うならと、私が休みの時は家に来るように言われたから行っているだけ。

料理や掃除をしているのは、ただの私の自己満足。

明樹くんに命令されたわけじゃないし、むしろ遠慮されている。

今から向かうって連絡はいれたんだから、約束通り家に行って、明樹くんの帰りを待てばいい。

会えなかったら会えなかったで仕方がない。

急な当直とか、患者さんの急変で帰れないことはこれまでもあった。恋人とのデートが盛り上がれば戻ってこない可能性は当然ある。

（うん、別に会う約束をしているわけじゃない。そうだよ、明樹くんがどこでなにをしようと自由）

「新田さん、車停めてください」

「嫌だ」

「今から行くって約束していたんです。だから行かなきゃ。約束は守らなきゃ」

「恋人が他の女といるのを目撃して、ショックを受けているのに？　あんな男との約束を守る必要なんかあるのか？」

「恋人じゃないんです」

「相手の女性は浮気相手だろう？」

「違います。私が彼の恋人じゃないんです」

「は？　そんな風におしゃれして、鼻歌歌いながら料理つくって、会いに行こうとしているのに？」

「だから、最初から言いました。友人だって」

うん、そう。

明樹くんは友人だ。ええと知り合い以上友人未満程度の友人だけど。

私は恋人だなんて言っていない。新田さんが勝手に誤解しているだけだ。

それに、別におしゃれなんかしていない。鼻歌とか……歌っていたのかな？

「でも君は！」

「私の気持ちはどうでもいいんです。私と彼の関係性は友人でしかない。私は彼の家に行く約束をしているから行くだけ」

「行ったって留守だろうが！」

「合鍵あるので大丈夫です」

「それじゃあ、君は都合のいい相手だろう！」

大きな声を出されて、私はびくっとした。

だいたいこの人なんでこんなに怒っているんだろう。

たかがお屋敷の従業員のプライベートに干渉してくるんだろう。

お節介をするようなタイプには見えないのにな。

「悪い、大声だして」

「私は新田さんが、ここまで干渉してくるのが不思議です。とりあえず駅まで戻っていただけると助かるんですけど。私、方向音痴《おんち》なのでここで降ろしてもらっても辿《たど》り着けない……」

私はとりあえず、ハンカチで涙を拭った。

よし、これ以上勝手に涙が出てこないように気合いを入れよう。

私が泣くから、新田さんも放っておけなくなるんだろうし。

新田さんはあからさまに大きなため息をつくと、ウインカーを出して走ってきた道を戻ってくれた。

そしてなぜか明樹くんの家の前の道路で車を停車させた。

「知っていたんですね」

「高遠さんの指示で、君のことはいろいろ調べた。あの屋敷に来た日から」

私は単純にびっくりした。

まず、新田さんが素直にそれを私に教えたこと。高遠さんの指示であること。そしてお屋敷に来た日からという事実に。

まあ、そうだよね。

あんなに結愛ちゃん至上主義で、広すぎる敷地とはいえ個人宅にあれだけの警備体制を敷くんだもの。お屋敷に住み込む相手の素性は調べるよね。私なんかいわくつきだし。

「ということは、新田さんは以前から私のことをご存知だったんですね」

「ああ。君の警護も仕事のうちだから、あの男と再会してからは特にずっと張り付いていた」

「え？」

け、敬語……じゃなくて警護？　私に？　え、方向音痴《おんち》だから？

「方向音痴《おんち》だからじゃない。君は金融業者に追われていたんだろう？　数年ぶりに外を出歩くようになったから、そういう危険性がないかどうか確認するためにも必要だった」

新田さんは私の表情から勝手に読み取ったうえで、そう説明を加えた。

うーん、高遠さんはもう危険はないって言っていたのに。

まあ、でも明樹くんに再会するまで、私は本当に引きこもり状態だったから、心配されるのも当然かもしれない。

なにより社会生活を営めるかどうかレベルだしね。

「君たちが元恋人同士なのは把握《はあく》していた。だからよりを戻したのであればそれでよかったはずだった。でも君は、彼と数年ぶりに二人きりで会った夜、そのままホテルに泊まった。それだけならよりを戻したのだと思って、高遠さんもここまでしなかっただろう。でも翌日お屋敷に戻ってきた君の手首には、紐で縛られた痕《あと》があった」

私は大きく目を見開いた。

ついでに口も開いてしまって慌てて両手で覆った。

「いいかい？　再会した途端ホテルに泊まって、さらに腕には拘束の痕《あと》。彼の強引さも加味すれば、君は彼に無理やり関係を迫られ脅《おど》されて、都合よく扱われている可能性がある、と思われても仕方がない」

……あ、あれのせい……

確かにあの日、明樹くんにネクタイで手首を縛られた。私の手首には赤い擦過傷《さっかしょう》ができていた。

まさかあんな痕《あと》を見抜かれるとは、そのうえそんな想像をされるとは。

びっくりだ。

いや、まあ心配性で責任感の強い高遠さんなら、そんな報告を受ければ警戒するだろうけど。

「そして実際君は、自身のスケジュールをすべて彼に把握《はあく》され、彼の望むままの行動をしている。そのうえ今夜、恋人らしい女性と二人で歩いている姿を目撃した。君が彼に都合よく扱われていることが、はっきりと裏付けられた」

あー、あー、あー。

新田さんに言われるたびに、血の気が引いていきそうになる。私は思わず頭を抱えた。

確かに客観的にそんな風に言われれば、そうかもしれない。

そうだよ。

高遠さんは、私と明樹くんが再会した時から、ただならない気配を感じていたに違いない。

うん、そして実際食事に行って、そのままホテルに泊まったし、お泊まりの言い訳だって明樹くんの言った通りに伝えた。

手首の拘束の痕《あと》を見れば、無理やり襲われて脅《おど》されて関係を強要されていると思われる可能性は充分にある。

「さらに彼と会って以来、君は情緒不安定。嬉しそうにしているかと思えば、泣きそうにぼんやりする。このマンションに着くと君は必ず……泣きそうな表情で見上げている。そしてその事実を高遠さんには報告せざるを得ない」

気づかなかった。

警護とはいえ、ずっと見られていたなんて。

そしてそんな大げさな内容になっているなんて。

マンションを見上げていたことも、泣きそうだったことも自分では認識していなかった。

私は再度スマホを確認した。

まだ既読にはならない。私が向かっているなんて明樹くんはまだ知らない。だったら戻ってくるのも遅いのかな。ううん、戻ってくるのかもわからない。

駅へ向かっていったのだから研修会はすでに終わって（もしくは研修会じゃなかった可能性もあるけど）彼はそのまま綺麗な女性とデートかもしれないし。

だったら、今のうちに新田さんにはきちんと説明しておいたほうがよさそうだ。

「まず、訂正ですけど、私は明樹くんに脅《おど》されてはいません。それからよりは戻していないので、私と明樹くんは恋人同士ではありません。私が彼に会いに来るのは、いろいろと事情があるからです」

「事情があるというのなら、そのいろいろを高遠さんに説明すればいい」

うーん、心配してくれるのはわかるけど。

それって明樹くんが勃起不全で、その治療のためにいやらしい行為をしていますって言わないといけないってこと？

それで、手首の拘束は……まあ、明樹くんの趣味？

ええと、こういうのなんていうんだっけ？　嗜好《しこう》？　性癖？　なんだろう。

でもそれはさすがに勝手には言えない。まさしく男の股間、違った、沽券《こけん》に関わる問題だもの。

困ったな。

「体の関係があるのに恋人じゃない。その時点で高遠さんにとって彼は警戒対象になる。それは君を心配してのことでもあるけれど、君が彼の支配下にあることも問題なんだ。君の彼への好意は誰が見てもわかる。そんな君が曖昧《あいまい》な関係の男に唆《そそのか》されて……高遠家の弱みを握ろうとしたり、奥様の危険に結びついたりしないとも限らない」

「私！　弱みを握ろうとか結愛ちゃんを傷つけようなんて思っていません！」

「言っただろう。問題は君じゃなくて彼だ。彼は優秀な医師だ。頭も人当たりもよく温厚で、周囲の評判もいい。女性関係もこれまで問題はなかった。でも君に対してだけ彼はこちらに警戒を抱かせるような振る舞いをしている」

疑われているのは私じゃなくて、明樹くんなんだ。

そして明樹くんと私の関係が続く限り、高遠さんは警戒を続けることになる。

そうか。

私は高遠さんを安心させるためにも、明樹くんと曖昧《あいまい》な関係じゃダメだったんだ。

きちんと恋人同士だって思わせるべきだった。

高遠さんが私に直接聞かないのは、疑いが晴れないせい。

そして今夜、その疑いはますます濃くなっちゃったんだ。

ええと、まさか警備のセキュリティチェックが急に行われることになったのは、私のせいでもあるんだろうか。

「彼に君以外の女性がいるのは今夜はっきりした。君は選択する必要がある。彼と別れるか、お屋敷を出るか」

明樹くんと別れるか。

お屋敷を出るか。

「え？」

いきなり退職を提案されて私は慄《おのの》く。

いやいや、こんな形でいきなり無職になるとか社会復帰とか促《うなが》されても無理だよ！

でも、明樹くんと別れるというか、治療途中なのに安易に放棄もできない。

究極の二択じゃない！

「高遠さんが戻ってくるまでに、君には答えを出してもらいたい」

それってタイムリミットがあと十日ぐらいしかないってこと⁉

私の頭の中はパニックだ。

頭の中がぐるぐるとまわって、むしろ気持ち悪い。

なんていうか、祖母が亡くなってからの怒濤《どとう》の日々の再来みたい。

「梨本さん」

強く名字を呼ばれて、私は新田さんを見た。

彼は真剣にまっすぐ私を見つめてくる。

警護という仕事上、彼はきっといろんなことを知っているし、気づいてもいるのだろう。

彼に見張られている――というか、見守られていたなんて今まで一切気づかなかったけれど、心配されているのはその眼差しからもわかる。

どちらかといえば、かわいそうな子を見るみたいな色もありそうだけど。

だからいろいろと私に説明することにしたんだろうし。

明樹くんを警戒対象として見ているのなら、高遠さんに迷惑や負担をかけるのは本意じゃない。

高遠さんが一番に守りたいのは結愛ちゃんだ。

私だって、救ってくれた彼女を危険な目にあわせたくはない。

私が彼らの弱点になってはならないんだよ。

「いろいろお話ししてくださってありがとうございました。きちんと考えます」

こうなったらできることはひとつ。

明樹くんに、正直に説明してもいいか許可を得るしかない！

「……梨本さん、君はちょっと思考がおかしな方向にいっている気がする」

新田さんは目を細めて、また勝手に私の思考を読んでくる。

大丈夫。内容はちょっとアレだけど、私の思考はおかしくないよ。

「いえ、大丈夫です」

「ますます不安だ」

うなだれそうになった彼は、突然ぱっと顔をあげたかと思うと、なぜか慌てたように運転席を降りていった。

そして、助手席側のドアをいきなり開ける。

「梨本さん、どうぞ」

ゆったりとした口調で手を差し出されて、私は反射的にシートベルトを外し、その手をとった。

車から降りる。

（え。なんで？）

新田さんは後部座席のドアを開けて私の荷物を取り出すと、手渡してくれた。

「音々？」

振り返れば、さきほど駅で見かけた時と同じ格好の明樹くんがいて、足早に近づいてくる。

（は、明樹くんっ！　帰ってきたんだ）

帰りは遅いか、もしかしたら帰ってこないかもしれないと思っていたからびっくり！

「明樹くん！」

「こんばんは、初めまして。私は高遠家の警護を担当しております新田と申します」

すかさず新田さんは自己紹介した。

はっ、そうだ。新田さんがいた。

私は明樹くんを目の前にすると、どうも周囲の人の存在を忘れてしまう。

「今日は、私が梨本さんをお送りいたしました」

新田さんはまるで執事のように恭《うやうや》しく頭をさげると、名刺を取り出して明樹くんに手渡す。あまりにもさらっとした一連の言動に、私はついていけない。

「高遠家の警護……」

明樹くんの探るような視線が私にぶつかった。

ひえっ。なんでこんな怖い視線なの！

「そ、そう。今日は新田さんに送ってもらったの」

「彼女は高遠家の大事なスタッフなので」

「……高遠さんが随分、音々を気にかけてくれるのは知っていたけど、警護まで？」

「ええ、彼女は特別な存在ですから。それでは、梨本さん、お帰りの際は必ずお呼びください」

新田さんがちらっと私を見た。

私はぶんぶんと、とりあえず首を縦に振る。

ここで余計なことは言わないほうがいい。

なんていうか、新田さんの明樹くんへの警戒心と、明樹くんの新田さんへの不信感が、二人の間で見えない火花となって、ばちばちとぶつかっている気がするのだ。

ここで私が余計な言葉を発して、火に油を注《そそ》ぐようなことをすれば爆発しそうだもの。

「そう。ありがとう。音々は僕にとっても特別だから。しっかり守ってもらえて助かるよ」

「いえ、仕事ですので」

「──音々、行こう」

明樹くんが私の手にしていた荷物を持ってくれる。私は新田さんに頭をさげて、明樹くんとともにマンションに入った。

明樹くんは新田さんに、ひいては高遠さんにとって警戒対象となっている。

それは半分は私のせいだ。

私と明樹くんがちゃんとした恋人同士であれば、多分問題はなかった。

でも、私と彼はそんな甘い関係じゃない。

あくまでも治療する側とされる側。そのうえその原因は私にあるんだし。

エレベーターの中で明樹くんはなにか考え込んでいるようで無言だった。

私は彼からふんわりと漂う女性らしい香水の匂いに気づいて、胸がつきんと痛んだ。

腰に腕をまわしあって駅へ向かっていった二人の姿が蘇《よみがえ》る。

――恋人かな……もしくはこれから親密になる関係か、明樹くんの好きな人だったりして。

「音々、これは冷蔵庫か冷凍庫？」

部屋に入るなりそう声をかけられて、私は慌てて荷物を受け取った。カウンターの上に中身を取り出していく。

「あ、うん」

四日前ぐらいに掃除にきたばかりだから、部屋はそう散らかっていない。

私が片付けた場所も変わっていない。

多分、この部屋に彼女は来ていない。

そこまで考えて、私は自分の狡《ずる》い思考に気づいた。

うわっ、これって単身赴任中の夫の浮気チェックする妻の思考と同じだよ、多分。

洗いかごには伏せられた保存容器がある。前回置いていった分だ。

この間までは『食べてくれたんだ、嬉しいな』だったのに『もしかしたら捨てているかも』なんて疑ってしまう。

（女の思考って我ながら怖いなあ）

「ずいぶんたくさん作ったんだな」

「あ、ごめん。いらなかったら捨てていいよ」

「まさか。助かるよ。ただ、音々に負担じゃないかと思っただけだ」

「負担じゃないよ。明樹くんの役に立っているなら嬉しいし」

うん、鼻歌歌って作っていたらしいしね、私。

まあ、それだけ浮かれていたっていうか、また自惚《うぬぼ》れそうになっていたっていうか、勘違いしかけていたっていうか。

（やっぱり私バカなんだなあ。言い聞かせてもすぐに忘れちゃう。テスト勉強でもそうだったしねえ。何度も覚えたはずなのにテストで出ても答えられなかったし）

「この間のロールキャベツおいしかったよ」

「ふふ、料理長直伝だから！」

「ひじきの煮物も味が染みていてよかった」

「あれは清さん直伝」

「いまだに音々が料理しているのが信じられないけど」

「え？　一応ちゃんと私が作っているよ」

もしかしてみんなに手伝ってもらっていると思っている？

「わかっている。音々がいつも頑張っているのは」

明樹くんが私の頭に手をのせた。そしてそっと撫でてくれる。

これだけは昔から変わらない。

テスト勉強で、私が自力で答えを出すと、いつもこうして撫でて褒めてくれた。

彼から私に触れてくれる数少ない仕草のひとつ。

そうして明樹くんが顔を傾けて、そして近づいてきた。

瞬間、鼻腔《びこう》をついた香りに咄嗟《とっさ》に明樹くんから離れた。

「はっ、明樹くんシャワー浴びたら？」

「……音々は？」

「私、浴びてきたよ。あ、そういえば夕食は？」

「夕食は済んでいる。じゃあ、音々も一緒に浴びよう」

「え？　いや浴びてきたって」

「音々に体洗ってもらいたい」

明樹くんは色っぽい笑みを浮かべると、私をバスルームに連れ込んだ。


明樹くんは全裸になると、私のニットワンピースを脱がす。

そして言いつけ通りの卑猥《ひわい》なランジェリー姿を見てなぜか舌打ちした。

（え？　なんで。似合わなかった？）

そのうえ、そのままバスルームに入る。

「明樹くんっ、下着濡れちゃう」

このバスルームは固定式のシャワーヘッドが設置されている。

明樹くんは、コックをまわすとまだ温まっていないシャワーを頭から浴びた。髪が頬に張りついて、均整のとれた体が濡れていく。

そして湯気がふわりと上《のぼ》った。

明樹くんは顔を近づけると、なにかを探るように私の目を見つめる。

あまりにも色っぽいその姿に、私はくらくらしそうだった。

だって全裸！

今までいつも上半身だけが裸だった。

それはたぶん、ふにゃっとしたものを見せないためだったと思うのだけれど、今私は見たいのに見たくないジレンマに陥《おちい》っている。

明るいバスルームで見る彼の裸は本当に綺麗だ。

私がぼんやりしていると、明樹くんは私の頬を両手で包んで口づけてきた。

明樹くんに庇《かば》われているから頭から濡れたりはしないけれど、彼の濡れた肌が触れるたびにランジェリーは湿っていく。

今夜のランジェリーはブラとパンツのセット。透けてもいないし見た目は普通と変わらない。

ただ、布地をちょっとずらすだけで、乳首とあそこがすぐにオープンになってしまうだけで！

下着を脱がずに触り放題できる代物《しろもの》だ！

明樹くんは私の口内で暴れるように舌を動かしながら、片手で胸の先を弄《いじ》り、もう片方の手は股間に這わせる。すぐさま彼の指が中に入ってきた。

「んんっ」

「いいな、これ。ほら、こっちの乳首は触ってないのに、勝手に出てきた」

うん、捏《こ》ねられているのは片方だけ。なのにもう片方も自己主張するみたいに、ぷくぷく膨らんで飛び出している。

布の間から顔を覗《のぞ》かせているのが逆にいやらしい。

明樹くんにあたったシャワーの飛沫《しぶき》がぱちぱち跳ねてくる。

「音々、触って」

「明樹、くん」

「大丈夫だ。音々の手で触って欲しい」

明樹くんがどこを触って欲しいかわかっていた。

だから私はおそるおそる、あたりをつけてそこに手を伸ばす。

すぐさま独特の硬いものが触れて、私はそっと手で包み込んだ。

（すごい……硬いよぉ）

明樹くんとキスをしながら、私たちは互いの体を触り合う。

私は明樹くんのものが途中で萎《な》えたりしないように、必死にそこを手でこすり上げた。

痛くないように優しく、でも強弱をつけて。

私が彼のものを触るのと同じように、明樹くんも私のいやらしい場所をかきまぜる。親指でクリトリスを軽く捏《こ》ねて、人差し指と中指が中からこすった。

「ひゃっ、あんっ……あぁ、明樹くんっ」

立っていられなくて腰を落としそうになると、明樹くんの腕が支えた。

壁に背中を預けて、なんとか耐える。

「音々、もっと強く速く動かして」

「あっ、はる、くんっ、大きい、硬くて大きいよっ」

明樹くんのモノがびくびくしている。

私の体もびくびく震える。

指だけじゃ物足りない。明樹くんのコレをイれてほしい。コレでいっぱいかきまぜてほしい。

昔はそう素直に口にすれば、明樹くんは望みを叶えてくれた。

卑猥《ひわい》な言葉を使うほどに、満たしてくれた。

(あっ、音々の、音々のいやらしいところに明樹くんのイれてっ。奥までいっぱい突いて！)

頭の中で必死に叫ぶ。

でもダメ、今は口にしちゃダメ。

それを決めるのは明樹くんだもの。

彼が自信をもって迷うことなく挿入できると判断するまで、我慢しなきゃ。

「あんっ、明樹くんっ、イっちゃう」

「ああ、いいよ。僕もイく。音々」

「ああっ……ああんっ」

「音々！」

お互いの性器を触り合って、私たちは同じタイミングで達した。


明樹くんの精液が私の手に零れる。ぬるっとしたその感触が嬉しくて、私はそっとそれを舐めた。

おいしくないけど、でも明樹くんのものだと思うとものすごく愛しい。

「音々、舐めなくていい」

「舐めたい。明樹くんの、お口に入れたい」

シャワーじゃなくて私がお掃除してあげたい。

だって昔はやらせてくれた。

流れていくのがもったいなくて、私はシャワーをとめるとバスルームの床に膝をついた。

目の前にやわらかそうな明樹くんのモノがある。

私はぱくんっとそれを口に入れた。

「音々！」

とろっとしていて、ちょっと苦くて、そして独特の臭い。

私は綺麗にするつもりで舌で周囲を舐めとった。そうするうちにまただんだん硬くなってきたから、嬉しくなる。

私は上目遣いで明樹くんの様子を窺《うかが》った。

(続けてもいい?)

そう視線で問う。

明樹くんは切なそうに目を細めて、でものすごく色気を放って、熱い息を吐き出した。

うん、拒否られなかった。

本当は最初からこうしたかった。

いつも私が気持ちよくなるばかりで、明樹くんはなかなかさせてくれなかった。

昔はよくさせてくれたし、やり方は明樹くんに教えてもらったから、彼の気持ちのいい場所は知っている。

裏側の筋とか、袋の表面とか、あとカリの境目も好きだったよね?

舐めては口に入れてすぼめて吸い付く。舌を絡めて頬の裏でしごく。

口の中のモノはぴくりと震えてはどんどん大きく硬くなって、私は嬉しくて必死で顎《あご》を動かした。

「……っ」

ああ、気持ちよさそう。明樹くんの悶《もだ》える声、大好きだったな。

いつも穏やかで落ち着いている彼が、呻《うめ》く声音はこんな時だけにしか聞けないもの。私だって彼の声を聞きたい。

見上げれば、縋《すが》るように私を見つめる熱い視線がある。

それを浴びるだけで私は興奮した。

今触られたらきっと、ものすごく濡れているのに気づかれちゃう。

「音々っ」

明樹くんは私の頭を掴むと、やや乱暴に引き離した。

なんで？

私の中ではまだ出してもらえていない。だからせめて口の中にぐらい出してほしかったのに。

それとも、逆だろうか。もしかして萎《な》えそうになっちゃった？

「明樹くん？」

抜かれたと同時に溜まっていた唾液《だえき》が口から零れてしまう。私はそれを拭って不安に思いながら名前を呼んだ。

「音々、今夜は君の中に出したい」

「え？」

すぐには意味が理解できなかった。

「口じゃなく、音々の膣の中に」

だからか具体的に明樹くんが教えてくれる。

「……大丈夫、なの？」

明樹くんは勃起するし射精もするようになった。

でも挿入して硬さを保てるか、射精までできるかはわからないから慎重だった。

私に挿入した途端、力を失ったりすれば、お互いショックを受けそうだったから。

「うまくいくかはわからない。でも僕は君の中に入りたい」

「私も明樹くんと繋がりたい」

「途中でダメになっても許してくれる？」

「もちろん！　ダメになったらまた触ったり舐めたりするし、いやらしい格好だってするよ」

「……ありがとう。ベッドに行こう、音々」

よかった。

明樹くんがやる気になってくれてよかった。

とりあえず、明樹くんが自信を取り戻すのが先決だもの！

私はもやもやと浮かびそうになるその後の現実をすべて後回しにして、今はただ明樹くんの治療に専念しようと決めた。


明樹くんは基本無駄なことが嫌い。

目的達成までの最短距離を弾《はじ》き出して、その通りに遂行《すいこう》するのが好きだと言っていた。そのルートの難易度がどんなに高くても、明樹くんは軽々とそれをこなしてしまう。

寝室に入った途端、明樹くんはすぐに元気なソレに避妊具をかぶせ、私の憂慮《ゆうりょ》など吹き飛ばす勢いで、いきなり挿入してきた。

びっくりだ！

私のそこはさっきの行為の余韻で確かに濡れていた。

おもちゃも挿入したことがある。

でも、でも私だって本当にソレを入れるのは数年ぶりなのだ。

最初こそひきつったような痛みが襲ったけれど、明樹くんが動くたびに少しずつやわらいでいく。

明樹くんは一心不乱に腰を動かした。萎《な》えないように必死だったのかもしれない。

私は彼に激しく揺らされるまま、ただ熱い杭《くい》が体の中に刺さるのを必死で受け止めた。

気持ちいいとか感じる余裕もない。

でも私の中で硬さを保ったまま、中を抉《えぐ》られることがこの上なく嬉しかった。

私は明樹くんの背中に腕をまわして、抱きしめる。

(大丈夫、大丈夫だから……明樹くんは元気になる)

心の中で呪文のように幾度も唱えた。

明樹くんは私の腰を掴むと激しく前後に動かした。私の気持ちのいい場所を探ったり、イかせようとしたりはせず、ただ私の中を出入りする。そのたびにどんどん蜜があふれて濡れてくる。

静かな部屋に響くのは、結合部から漏れる粘着質な音と明樹くんが吐き出す息の音。

そうして歯を食いしばるような呻《うめ》き声が響くと、一際強く腰が奥まで押し付けられた。

「あっ……」

わからないけど、多分射精している。

最後の最後まで出し切るためか、明樹くんが腰をぶるぶる震わせた。

私の中で明樹くんが勃起して射精した！

よかった。よかった！　よかったよ!!

明樹くんは射精の余韻を味わうように私を強く抱きしめてくる。

肩が激しく上下して、汗がぽつりと落ちた。耳元で荒い吐息が聞こえる。

私は黙ったまま、ただぎゅっと明樹くんを抱きしめた。

肌の感触や体の重み、そしていまだ繋がっている大事な場所。

安堵《あんど》と愛しさと同時に広がってくるのは、狂おしいほどの切なさ。

こんな感情、昔は知らなかった。

昔はただ、明樹くんのことが好きでたまらなくて、少しでも一緒にいられてセックスできればそれで満足だった。

彼への想いだけで突っ走っていた。

私はきっと自分の気持ちにばかり夢中で、明樹くんの気持ちは考えなかった。

ううん、無意識に彼の気持ちなど考えないようにしていた。

この関係が一方的なものだと気づきながらも無視したのは、明樹くんの本音を知るのも、自分が好かれていないことを自覚するのも怖かったせいだ。

だから私は――自分がどん底の境遇に置かれた時、明樹くんにだけは惨めな自分を知られたくなかった。

私が面倒な状況にあると知れば、明樹くんから距離を置かれてしまう。嫌われてしまう。

それを思い知るぐらいなら、自分から別れを切り出したほうがいい。これ以上惨めになりたくない。

身勝手な自己保身。

嘘をついた別れ話が、結果的に明樹くんを追いつめて勃起不全にしてしまった。

私の好意はまさしく一方的で身勝手なものだった。

だからだろうか。

明樹くんが射精できて喜ぶべきだし、嬉しいのに——私の治療もこれで終わりかと思うと寂しいのは。

私の想いはいまだに傲慢《ごうまん》なのかもしれない。こんな気持ちやっぱり迷惑極まりないなあ。

「ね、ね」

明樹くんがゆっくりと体を起こして、私の中から出ていく。

避妊具をとり外しその口を結ぶと、溜まっているそれをぼんやり眺めていた。

(よかったね、明樹くん)

「音々。泣いているのか?」

「へ?」

「大丈夫か? 一方的に激しくしたからどこか痛かった?」

「ち、違うよ! よかったと思ったの! おめでとう。明樹くん!」

無造作に目元を拭うと、確かに湿っていた。

こ、これは感動の涙のはずだ。うん、喜びの結果だ。

心の中のぐちゃぐちゃを、今は明樹くんに知られたくない。

無事射精できたことを純粋に喜びたい。

「おめでとうって……まあ、そうか」

「うん、うん！」

明樹くんは避妊具をゴミ箱に捨てると、私の頭を引き寄せてなぜかキスをしてきた。

目元や頬や額《ひたい》にいくつも軽いキスを落として、そして最後にちゅっと唇に吸いつく。

「音々、今のうちにこの感覚を覚えておきたい。さっきは僕だけが気持ちよくなったから、今度は音々も一緒に気持ちよくなれるか試してみよう」

「え？」

明樹くんはにっこり笑うと、私をうつぶせにした。

＊＊＊

音々の腰を高くあげると、僕はさっきまで己が入っていた彼女の穴を見た。

毛のないそこは、なにもかもが丸見えだ。彼女は僕の言うことをきちんと聞いて、自分で手入れも頑張っている。

それでもやりづらい部分には剃り残した毛が残っていて、それが逆に卑猥《ひわい》さを醸《かも》し出す。

本当なら僕が剃ってやりたい。学生時代のように暇がないのが残念だ。

僕を受け入れたその部分にキスをすると、舌で舐めまわした。

何度かおもちゃを挿入したことはあっても、僕のモノはさすがにそれよりは大きい。

久しぶりに男を受け入れたのだから、少し痛かったに違いない。

だって音々の中は、呆気《あっけ》なく射精してしまうほど狭く、きつく僕を締め付けてきたから。

僕を受け入れて包み込む感触や温もりは、女性のここでしか味わえないものだ。

口や手とは比べ物にならない刺激が全身に走って、射精という結果は同じなのに過程が違うところも感覚が異なることに僕は純粋に驚いていた。

(悔しいけれど、巧の言葉の意味がなんとなくわかった気がする)

「あんっ……やんっ、明樹くんっ」

緩やかに優しく舐めまわしていると音々が切なく啼《な》く。元々かわいらしい声が、こんな時もっと幼さを増して、僕の嗜虐心《しぎゃくしん》を刺激する。

僕の予定では音々に実際挿入するのは、もう少し先のはずだった。

決めていた計画を狂わされるのはあまり好きじゃない。

それでも僕は今夜どうしても彼女に挿入せずにはいられなかった。

「いやらしいな、音々。さっきから蜜がとろとろ零れてくる」

僕は太腿《ふともも》の間に垂れていくのを見ながら、蜜を吸い取った。

「やんっ、舐めちゃダメっ」

「仕方ないだろう。このままじゃシーツが濡れまくる」

わざと音をたてて啜《すす》ると、音々がおしりを振る。真っ白でハリのあるここに赤い手形をつけたら、綺麗に映えそうだ。

でも音々は快楽にも痛みにも弱い。

僕は音々のクリトリスをくるくる指先で撫でながら、舌先で中を舐めまわした。

「ああんっ……はぁ、んんっ」

崩れそうになる腰を支えてクリトリスを指で挟むと、少し強めにしごく。

「音々気持ちいい？　ココを触ると音々の下のお口はすぐに涎《よだれ》を垂らしちゃうな」

「あっ……明樹くんっ、やっあんっ、いい。気持ちいいよっ」

「両方一緒にしてあげる。音々いっぱいよがり狂って」

僕は片方の指でクリトリスをこすり、もう片方の指を数本膣にいれてかきまぜた。

僕のモノを入れて一度は広がったはずなのに、指を中に入れるたびにきゅっと締め付けてくる。

外へ引けば蜜が飛び散り、音々は何度となく腰をびくびく震わせた。

「あん、あんっ……ああんっ……ふぅ」

音々が抑えきれずに声を上げる。そのたびに背中の上に散った長い髪が撥《は》ねる。

「はる、くんっ、イっちゃう……音々、イっちゃうの……ああ、それダメっ」

「ここだろう？　君の気持ちのいい場所」

僕は中にいれた指をお腹側に強く押し付けた。クリトリスの裏側にあたる部分だ。

「あっ、怖いっ……はるくんっ……やっ、出ちゃう、出ちゃうの」

「いいよ。いやらしいのいっぱい出して、気持ちよくなろう」

音々の膣が痛いほど僕の指を締め付ける。クリトリスと同時に強くこすり上げると、ぷしゅっと中から蜜が飛び散った。

僕はすぐに避妊具をつけて音々の中に挿入する。奥まで一気につっこむと、音々が言葉にならない声を上げて再び達した。

音々が幾度となく快楽に飛ばされる。こうなると彼女は、もうわけがわからなくなる。

僕もまたすぐにもっていかれそうになって必死に耐えた。

音々の腰を掴んで乱暴に揺らす。

肌と肌がぶつかる音と、繋がった部分から漏れ出る粘着質なものと、音々がひっきりなしに上げる声音が重なり合った。

どれぐらい抱けばまた、ココは僕の形を覚えるだろうか。音々は覚えが悪いから、頻繁《ひんぱん》に入れてあげないといけない。

「音々、音々！」

「はるくんっ……はるくんっ、あんっ、またイく、ああダメっ」

「何度でもイけばいい。音々をこうして気持ちよくしているのは誰？」

「はるくんっ、明樹くんっ」

「そう、音々を抱くのは僕だけだ」

「うんっ！　私を抱くのは明樹くんっ、だけっ」

ああ、僕もそう思っていた。

音々を最初に抱いたのも僕だし、今抱いているのも僕だ。

音々の身近にあんな男がいることなんて、想像したこともなかった。

（なんだ、これ）

僕は基本情緒が安定している。父を亡くした時以外で、感情を揺さぶられたことはない。

医学部受験の時も国家試験の時も、難しいオペのサポートをいきなり命じられた時だって冷静に対処してきた。

それなのに、さっきからコントロールできないものが次から次へとわいて出てくる。

落ち着かせようと必死になる。

男の運転する車の助手席から音々は降りてきた。

車送迎必須の皇華に通っていて、大学もほぼ送迎されていた彼女が座るのはいつも後部座席だった。

あんな、いかにもプライベート感満載の車の助手席に乗せてきて、あの男は『警護』だと言い張った。

そのうえ、『特別』だと言った時のニュアンスと鋭い目線。

さりげなくエスコートしながら音々の手に触れて、視線だけで彼女と会話して、あからさまな牽《けん》制《せい》をしてきた。

「あんっ……はる、くんっ、音々、もぉ、あああっ、ダメ」

僕の腕の中で激しく震える体を抱きしめる。

音々が達すると同時に強く搾り取られる感覚に抗《あらが》えずに、僕は再び射精した。

音々の上体を抱き上げて、涙と汗と涎塗《よだれまみ》れの顔を見る。そのまま貪《むさぼ》るようにキスをする。

(こんないやらしい彼女を見るのは僕だけだ)

興奮がおさまらなくて、避妊具の中で再び勃起するのがわかった。ぼんやりと快楽に呆けていた音々も、かすかに目を瞠《みは》る。

(あんな男には渡さない)

この感情はなにか。

焦燥《しょうそう》と恐れと不安と、同時に興奮と欲望とがごちゃまぜになっている。すでに三度射精しているのに、僕の股間は痛いほど膨張してくる。

今までできなかった反動か？

音々に再会して、すぐさま彼女を前に興奮を覚えた。

多分、最初から挿入しようと思えばできた。

しなかったのは、そうすれば音々に会う理由が、彼女を抱く理由がなくなると思ったから。

疲れて家に帰っても誰もいない。

でも、今は音々の痕跡がそこかしこに残っている。

片付けられた部屋、冷凍庫の中の手料理、彼女専用のクローゼット。

音々との関係は昔も今も楽だった。

彼女は僕になにも求めない。要求しない。ただ、僕の求めに素直に応じるだけ。

勃起不全のままでいれば、居心地のいい彼女との関係を続けていける。そう思っていた。

（じゃあ、この後は？）

僕は惜しく思いながらも音々の中から出た。とりあえず避妊具は交換しないと危険だ。

ほっとしたのか音々が、くたりとベッドに横たわる。

しどけないその姿は襲ってくれと言わんばかりだったけれど、そのまま眠りについた姿を見てさすがに冷静になった。

音々の体を清めようかと思いつつ、むしろこのままの状態をとっておきたくなって、とりあえずブランケットをかけた。

僕はあどけない音々の寝顔を見つめる。

僕の勃起不全は治ったと考えるべきだろう。そうなると音々の治療は完了となる。

終われば音々を解放するつもりだったけれど、今の僕はそれをしたくない。

じゃあ、どうすればいい？

治療が完了した後は、普通ならリハビリだ。

そしてこの場合のリハビリは、他の女でも可能かどうか試すこと？

僕はその思考に辿《たど》りついて眉根を寄せた。

他の女と考えて、今夜の研修会で一緒だった女性を思い出す。時折メッセージのやり取りをする例の女医だ。

研修会後の飲み会で、彼女は酔っ払って、なぜか僕が駅まで送る羽目になった。タクシーに乗せたかったのに、アルコールを飲みすぎると車酔いをしやすくなるというから送ったけれど、駅に着いた途端帰りたくないと誘いをかけてきた。

酔ったふりだとわかったから、その場で放ってきたのだ。

ああいう女にひっかかるとリスクだ。見た目も綺麗で頭も良くて自信のある女は、どんな手段を用いてくるかわからない。

(他の女と試す意味なんかあるのか?)

どうせ試したって勃起さえしない。今までだってそうだった。

女が嬌声《きょうせい》を上げてよがればよがるほど僕は冷めていった。だから僕は、自分が勃起しないのは、女の浅ましさを目にしてしらけるからだと思っていた。

音々だけだ。僕が興奮するのは。

音々だけだ。僕が抱きたいと思うのは。

手首を拘束して、おもちゃでよがらせて、いやらしいランジェリーを着せて、乱れる姿を見たいのは。

「あ……れ?」

急にいろんなことが怒涛《どとう》のように流れてくる。

初めて会った高校生の時の音々。

気持ちは丸わかりなのに、僕の卒業間際まで告白してこなかった。

それは医学部合格まで待ったからと気づいたのはいつだったか。

僕が相手をしなくても、会えなくても文句を言わなかった。

それは僕が忙しいのを知っていたから。

まともなデートをしなくても、毎回のデート費用が割り勘でも気にしなかった。

それは僕が経済的に苦しいだろうと思い込んでいたから。

セックスをしてからは、僕の言うことを素直に聞いて信じた。僕が喜ぶならなんでも応じた。

それは音々の中心がいつも僕だったから。

だから煩《わずら》わしさは一切感じなかった。

あたりまえのようにそれを甘受《かんじゅ》した。

音々は空気のような存在だ。

いてもいなくてもわからない。でもいつも欲しい時にはそこにある。

(違う。空気はないと生きていけない――)

「そうか……僕は音々のせいで勃たなくなったんじゃない。音々じゃないから勃たなかったんだ」

それはつまり、僕は音々しか抱けないってこと。

ずっと音々が好きだったってこと。

だから誰にも渡したくない。もう二度と失いたくない。永遠に手元に置いておきたい。

僕だけが音々を独占して、いやらしい姿も見て、夢中になってほしい。

「え？　これが恋愛感情？　こんなわけのわからないものが『好き』なのか？」

僕は茫然《ぼうぜん》としながら、呑気《のんき》な音々の寝顔を再び見つめる。

「こんな感情、ただ面倒なだけじゃないか……」

ああ、でもこの面倒くさいものも音々が相手ならまあ許せる。

僕は手を伸ばして、そっと音々の頭を撫でた。

そして興奮おさまらないままの自分の息子に触れた。

「そうだな。僕よりおまえのほうが素直みたいだ。少し休ませたら、また音々の中に入ろう」

僕は音々の唇に触れながら、同時に息子をしごいていく。

音々に包まれた瞬間、確かに『幸せ』を感じた。

今度巧に聞いてみよう。

こんなドロドロした、わけのわからない、コントロールできない感情が本当に恋愛なのかどうかを。

＊＊＊

お屋敷で暮らすようになってから、私はほとんど外へ出かけることはなかった。

その必要性も、無駄遣いするような金銭的な余裕もなかったし、遊んでくれる相手もいなかったからだ。

たまーに、結愛ちゃんが出かける時に付き添う程度。

だから昨日、新田さんが車で送ってくれた時が、初めての助手席体験！

それなのに今、私はなんと！　なんとっ!!

明樹くんが運転する車の助手席に座っているのだ!!

はううう、車を運転する明樹くん、かっこいいよぉ。

男の人が運転する姿に感動したことなんかない。でも、明樹くんは格別！

だって、カジュアルな私服姿は学生時代よりさらに洗練されているし、なによりサングラス！

明樹くんのサングラス姿!!　レアすぎて写真撮りたいぐらい！

嫌がるからできないけど。

それに車もカッコいい!!　ツーシーターでスポーツタイプ。

別に車種なんか興味ないから、明樹くんが運転するなら軽トラックでも素敵だと思うだろうけど。

「音々、気が散るからあまり見ないで」

「あ、はい！　ごめんなさい」

私は即座に前を向いた。でも、ついつい目だけは横を向いてしまう。

うう、頭の横に目があればいいのに。髪の間に隠れていれば、じっくり見られるのに。

そんなバカなことまで考えてしまう。

私は今日、お仕事はお休みだけど、明樹くんはいつも通り病院に出勤するのだと思っていた。でも、前回の休日に先輩医師の代わりに勤務したから、急にお休みをもらえることになったらしい。

気分は、誕生日とクリスマスとお正月が一気にやってきたみたい。

そして、せっかくだからどこかへ出かけようと誘われた。

誘われたの！　それも明樹くんからっ。

せっかくのお休みならゆっくり体を休めてほしいって遠慮はしたんだけど、こんな機会滅多《めった》にないからって言ってくれた。私の興奮はマックスだ。

それに――

頭の中でダンスを踊りながらも、私はほんのちょっとだけしんみりしていた。

昨夜、明樹くんは私の中で萎《な》えることなく最後までできた。

一回だけでなく何回も、ちなみに今朝も……

おそらく明樹くんの勃起不全は治癒《ちゆ》したに違いない。

あとは、そう。

他の女性ともすることができれば完治だ。

他の女性――それは明樹くんの恋人とか好きな人、腰に腕をまわしていたあの綺麗な女性。

胸がつきんと痛む。

私を抱いたのと同じように、あの女性を抱くのかと思うと、喉をかきむしりたくなるほど悔しくて苦しい。

これは激しい嫉妬《しっと》。

明樹くんは、少し強引に、でも繊細に触れて、果てのないほどの快楽を与えてくれる。

体を支える逞《たくま》しい腕に、優しい指先、甘いキスをする唇。

低く色っぽい声音に、艶のある視線、快感に耐える表情。

――それは私だけのものじゃなくなる。

そう考えると心がドロドロしそうになるから、私はあえてそれらを捨てて、明樹くんの運転する姿に夢中になることにした。

華麗な明樹くんのドライビングテクニックのおかげで、車はすんなり高速道路を降りて、そして海岸線を走り始めた。

今日はすごくいいお天気だ。冷たい空気が澄んで、景色がくっきりしている。キラキラした光が波を反射する。

「うわぁ……綺麗」

「こんな季節に海に行きたいなんて。音々はやっぱり変わっているな」

「だって、明樹くんと海に行ったことなかったもの」

「行ったことないところ、海以外もいっぱいあると思うけど」

小さく明樹くんが呟いた。

明樹くんにどこに行きたいか、と聞かれて、私は当然『明樹くんの行きたいところ！』と答えた。近くの公園でも、大きな書店でも、日用品を買うためのショッピングセンターでもどこでもよかった。

でも明樹くんがしきりに聞くからダメ元で『海に行きたい』って答えた。

明樹くんともっと長く一緒にいたかったし、人のあまりいないところで二人きりになりたかったし、きっと思い出に残ると思ったから。

明樹くんはものすごく腑《ふ》に落ちない表情で『海……寒いな』と呆然と呟いていたけど、こうして車を運転してまで連れてきてくれた。

言ってみるもんだな、だってもうサングラス姿で運転する明樹くんが見られただけで大満足だし！

「ねえ、少し窓開けてもいい？」

「寒いぞ」

「少しだけ」

「……風邪ひくなよ」

明樹くんは渋々と少しだけ上部を開けてくれた。

風が入り込んでくる。冷たい空気が車内の空気に混じる。仄かに潮《しお》の香りがする。

「海だね！」

ふふ、お父さんは今頃どこの海にいるのかなあ。マグロ漁船で立派なマグロ釣っているといいけど。

「音々、寒い」

「うん」

――昨夜から怒涛《どとう》のようにいろんなことがあった。

明樹くんの恋人らしき存在を認識して、新田さんからは究極の二者択一を迫られて、明樹くんは無事治癒《ちゆ》できて、そして初めて二人で海に来た。

本当に、人生って先が読めない。

明樹くんと付き合っている時、私はずっとこの関係が続くのだと思っていた。

でも祖母が亡くなって、祖父も倒れて、父が無職になって……それから金融業者に追われて、自ら明樹くんに別れを告げた。

借金返済が終わるまでは高遠のお屋敷で引きこもって過ごすのだと思っていたのに、こうして明樹くんと再会したうえに、治療のためとはいえプライベートに関わった。

流れ、流され続けた私の人生。流れゆく川が到達する先はこの海になる。

私の人生の到着点もこんな海のように穏やかであればいいのになあ。

でも今は静かに佇《たたず》むこの海だって、嵐がくれば荒れるのだ。私の人生もまた荒れるのかもしれない。

(まあ、そんなものかも)

明樹くんは道沿いの駐車場に車を停めた。

ちょうど海岸に下りられる階段が見える。

「明樹くん、海に下りていい？」

「外は寒いぞ。海風は冷たい」

「平気。ちょっと行ってくるね」

「待って、僕も行く」

「いいよ、明樹くんは風邪ひいちゃいけないから、車にいて」

「音々！　僕も行く」

外に飛び出しかけた私の手を明樹くんは掴んだ。

あまり気乗りしていなさそうなのに、大丈夫かな？

でも一緒に行ってくれるなら嬉しい。

「うん。一緒に行こう」

明樹くんは後部座席から、空色のマフラーを手に取ると私の首にふわりと巻いた。カシミアの肌触りが心地いい。なによりなんとなく明樹くんの匂いがする。

ちょっとお医者様っぽい匂い。

「ありがとう」

すごく、すごく嬉しかった。

こんな風に優しいっていうか、甘い明樹くんはなかなかお目にかかれない。

車を降りると、さらに手を繋いでくれて、もう私はこのまま天にも昇《のぼ》る気持ちだった。

（うう、明樹くんがサービス満点過ぎて困る。幸せすぎて逆に怖い）

二人で階段をゆっくり降りた。

風が穏やかなおかげで、そこまで冷たさを感じない。

淡い水色の空と、濃い紺色の海のコントラストの境目がくっきりしている。こうして見ると空と海の青って違う色なんだなあって思った。

ざらざらとした砂の感触に、本当に久しぶりに海にきたことを実感した。

（うーん、家族旅行のハワイが最後だった？　それとも沖縄《おきなわ》の海？　海水浴よりプール派だったもんなあ）

低めのバレエシューズだから歩きやすいけれど、それでも砂が撥《は》ねて足首にあたる。

少し前を歩く明樹くんは、サングラスを車に置いてきたせいで眩しそうに海を眺めていた。

本当は指を絡めて手を繋ぎたかった。

できることなら腕を組んでひっつきたかった。

昨夜の女性みたいに腰に腕をまわして隣を歩きたかった。

今の私は手を繋いではいるけれど、それは子どもが転ばないように支えるためのものでしかない。

最初から私と明樹くんは釣り合っていなかった。

身長も、頭の良さも、容姿も。

彼は将来有望なお医者様で、私は借金抱えたお屋敷勤めの使用人。

今日のこのおでかけは、彼にとってどんな意味があるんだろう。

明樹くんは無駄なことはしない。気まぐれでちょっと暇つぶしに、なんて感覚はない。

彼の行動にはいつも意味がある。私にはわからなくても。

（もしかしたら治癒《ちゆ》お祝い？　それとも最後のご褒美《ほうび》？　私はこれで用なしになるのかな……）

「なあ、音々、これって楽しいか？」

「え？」

「砂浜歩くだけなのに、楽しい？」

「うん、楽しいよ」

(明樹くんがいれば私はどこだって楽しいよ)

「ならいいけど……」

「海、気持ちいいね」

「寒いけどな。まあ波の音は心地いい」

ふわりと明樹くんの髪が風になびく。少し明るめの色が光に反射して綺麗だ。

私は海風を吸い込むふりをして、明樹くんのマフラーの匂いを嗅《か》いで、時々明樹くんが歩いた足跡の上を歩いて、明樹くんの手をぎゅって握って、全身に彼を刻みつけた。

(明樹くん、明樹くん……大好きだよ)

私は心の中だけでたくさん彼に想いを告げた。


海からの帰りに、夕食はどうするか聞かれたから、通りで見かけて一度行ってみたかった牛丼チェーン店に入った。

明樹くんはしきりに『本当にここでいいのか？』と聞いてきたけれど、私は『だって生まれて初めて行くの！』と強引にお願いした。

いやあ、本当に生まれて初めて行った。

絶対に一人じゃ入れないし、友達だって誘えないし、こんな機会でもないと足を踏み入れない。

なにより、初めての経験を明樹くんとできることに意味がある。

海までのドライブも、海岸お散歩も、牛丼ディナーも初めてだ。

私の人生初めてを明樹くんと一緒にやれたのだ。嬉しいに決まっている。

私にはいろんな経験が圧倒的に足りないんだよね。

機会があればゲームセンターとか、漫画喫茶とか、釣り堀とかも行ってみたいんだけど。

そして食事の後、明樹くんは車でお屋敷まで送ってくれた。

もちろん牛丼屋さんに行った時点で、お迎え不要の連絡をお屋敷にはいれた。

昨日は新田さんの申し出に異を唱えられなかったけれど、明樹くんに送ってもらうと言えば強制はされない。

お屋敷前で明樹くんが車を停める。

私はなにか決定的なことを告げられるのが嫌で、すぐにシートベルトを外した。

「明樹くん、送ってくれてありがとう。それに今日いっぱい嬉しかったし楽しかった」

「君が満足ならそれでいいけど」

「じゃあね」

「音々、待って」

本当はなにも聞かずに飛び出したい。

でも海の帰りぐらいから、明樹くんがなにか言いたげなのは気づいていた。

気づいていて知らないふりをしてきた。

だから私は無邪気なふりをして「なに？」って表情で明樹くんを見た。

珍しく明樹くんは、なにかを言いたいのに言いづらい、そんな迷いを露《あら》わにする。

どくん、どくんと心臓が鼓動を速める。

「音々……君は今でも僕のこと」

「僕のこと？」

「僕のことが好きなのか？」

全身が心臓になったように、自分の鼓動が大きく響いた。

私はできるだけ表情を変えないように、奥歯を噛み締めた。

息の仕方も忘れそうになる。

明樹くんを好きか？

そんなの答えは決まっている。

明樹くんが好きだよ。大好きだよ。

ただの罪悪感だけで、罪滅ぼしのためだけにセックスに付き合ったりしないよ。

好きでもない人のためにお料理してお掃除してお世話したりするほど、本当はお人よしでもないんだよ。

明樹くんだからだよ。

でもね、私成長したの。

昔みたいに、身勝手に独りよがりの好意を押し付けたりしないの。

求められてもいないのに、好き好き光線放つなんて、打たれるほうは大迷惑だよね。

好意だけならストーカーだってあるはずだ。

でもストーカーが嫌がられるのはその好意が迷惑だから。

過去の私の好意も、明樹くんにとってはストーカーと同じだったんだよね？

「明樹くん、安心して」

私はにっこり笑ってみせた。

大丈夫、大丈夫、明樹くんを困らせたりしない。迷惑かけたりしない。

「私ね、明樹くんのことは好きだよ。でも、でもね、それは恋人とかそういう意味じゃない」

まかり間違っても『好きじゃない』とか『なんとも思っていない』とは言えなかった。

「友人としてっていうか、友人がおこがましかったら昔からの知り合いとして、かな。だから恋愛感情としての好きじゃないから、安心してね」

「恋愛感情としての……好きじゃない？」

明樹くんが確かめるようにゆっくりと繰り返した。

「うん。だから明樹くんは私のことは気にしなくていいよ。私と最後までできたんだから、きっと好きな人ともできるよ！　私、応援するからね！」

「え？　なにを……」

「だから、明樹くんが好きな人と、他の女の人と最後までできるように」

「僕が他の女とセックスできるのを応援する？」

「う……ん。治療うまくいったから、大丈夫、だよ」

自分で言いながら、ものすごく苦しくなった。

そうだ、もう私は用済みなんだ。

ああ、だから私の気持ちを確認したってこと？

私がもし明樹くんを好きだったら困るから、牽制《けんせい》したかったってこと？

あれ、もしかして今日が最後のつもりで、だから一緒にお出かけしてくれたの？

やっぱり思い出作りのためだった？

「あ、もしかして今日でもう終わり、なのかな？　そっか、そうだよね。最後までできたから治療も終わりか……そっか、ちょうどよかった」

究極の二者択一を思い出す。

明樹くんと別れるか、お屋敷を出るか。

その答えを私が選ぶ必要はなかった。

明樹くんが元気になった時点で、もう私は不要なんだから……私は明樹くんとさようならなのだ。

私は荷物の中から、明樹くんの部屋の合鍵を取り出した。

なんとなく予想はついていたけど、いざとなるときついなあ。

「音々、ちょうどよかったってなに？　待って、もう一度聞く。音々は僕のこと、もう好きじゃない？」

そんなに念押ししなくったって……さすがにストーカーはしないよ。

明樹くんの恋路の邪魔もしないよ。

私はいつだって、明樹くんの幸せを願っているよ。

「明樹くん。明樹くんへの恋愛感情は今はもうないよ。だから安心して、好きな人と仲良くしてね！」

私は明樹くんの車の小物入れに合鍵を置いた。

もうこれ以上は限界で、ドアを開けるとすぐさまお屋敷のインターホンを鳴らす。

「梨本です。ただいま戻りました」

すぐに通用口が開いて、私は中に入った。

「音々！　待って」

明樹くんが車から飛び出して門扉《もんぴ》を掴む。

私は一瞬立ち止まったけれど、もう涙がこぼれて明樹くんを見ることはできなかった。

だから無言のままお屋敷内へ走っていく。今までにないほど全速力で。

「音々！　待って、音々！」

私の名前を呼ぶ明樹くんの声がいつまでも響いていた。

＊　＊　＊

僕は高遠家の大きな門扉《もんぴ》の前で立ち尽くした。

音々の名前を何度も呼ぶけれど、声が届いているとは思えないし、インターホンを連打しても応答はない。

優美な模様を描くアイアンを思わず蹴り飛ばしたくなる。

けれど、カメラがあるのに気づいて耐えた。

僕は車に戻ると、音々のスマホに電話をかける。祈るような気持ちで呼び出し音を聞いた。

音々の放った言葉を思い返してみても、その意味がよくわからなかった。

いや、僕の予想をはるかに超えた内容すぎて、なかなか頭に入ってこなかったのだ。

「音々！　電話に出ろよ！」

そのうち呼び出し音さえ鳴らずに、電源が切られた旨を伝えるアナウンスに切り替わって、僕は舌打ちした。

車の小物入れに置かれた僕の家の合鍵。

繋がらないスマホ。

そして目の前には彼女を取り込んだ巨大な檻《おり》。

こうしてお屋敷を見るとここは強固な要塞《ようさい》を思わせる。

考えてみれば高遠家のお屋敷というのは厄介《やっかい》な代物《しろもの》だ。

音々は僕に再会するまで、ほとんどお屋敷の外に出ることはなかったと言っていた。巧がここで結婚式を挙げなければ、彼女との再会は望めなかったに違いない。

音々の勤め先も住居もここなのだ。彼女に拒まれたら、僕には入る手段はない。

音々を好きだとようやく自覚した。

だから今日はデートのつもりで連れ出した。

音々とは部屋で行為をするのみで、外で会ったのは再会後のレストランでの食事だけだったからだ。

音々と別れてから付き合った女たちとだって、それなりの段階を踏んできた。

食事をしてどこかへ出かけてデートをして（あまり面白くなかったけれど、相手がそう望んだから社会人のマナーとして応じた）、それからホテルへ行った。

でも思い返せば音々とは、学生時代にだってまともなデートをしていない。

それに、家にいれば休みなのをいいことに、結局はセックスに溺れて音々を抱きつぶしてしまうと思ったから。

せめてどこかへ一緒に出かけて、ランジェリーやおもちゃ以外のものをプレゼントして、おいしいものを食べて、そういったありきたりの時間を過ごしてみようと思った。

音々はかわいかった。

僕の車に乗るのは初めてだとはしゃいで、サングラスをかければ食い入るように見つめてきて、おもしろいものなんかない海で嬉しそうにほほ笑んでいた。

いいレストランに連れて行きたかったのに、牛丼屋がいいとせがまれて（僕だってあまり経験がない）他の客の様子を見ながら注文した。

音々は昔と変わらず、ずっと楽しそうに笑っていた。

それなのに、音々は僕を好きじゃない？

あれで？

あの様子で、僕に好意がないなんてありえない。

そもそも再会した時からそうだ。

音々の罪悪感を刺激したうえで行為を了承させはしたけれど、本気で嫌がっているかどうかぐらいは僕にだってわかる。

第一それだけのために、僕の言いなりになって、あんなことやこんなことをするほど、音々はスキモノでもなければバカでもない——たぶん。

好きでもない男に平気で体を開く女じゃないことだけは確かだ。

僕の感情がどこにあろうと構わずに、僕をずっと好きでい続けたのが音々だ。

「僕が音々の感情を読み違えた？　そんなわけあるか！」

だいたい『恋愛感情としての好きじゃない』ってそこからして意味不明だ。

音々は僕を好きだと言った。

それなのに、その後の台詞《せりふ》がややこしくて、そのせいで会話が妙な方向に進んだ。

いつもそうだ。

僕に別れ話をしてきた時だってそう。

肝心なことは一切伝えずに電話で別れ話をしてきた。

僕に迷惑をかけないためだとか、嫌われたくないだとか、知られたくなかっただとか、再会後に言い訳していたけれど、結局、音々は僕を頼らなかっただけの話だ。

僕のせいもあるけれど、音々だって……ああ、違う——今、こうして音々を責めてしまうのは、今頃ようやく自覚したせいだ。

人生のどん底に落ちた時、音々が僕に頼ることなく、むしろ呆気《あっけ》なく別れを選んだことが今さらにショックだったんだ。

今回も彼女は、どういう思考回路でそんな答えを導《みちび》き出したのか、意味不明な台詞《せりふ》ばかりを吐いていた。

おかげで僕も妙な返答をしていた気がする。

そうだ。

だいたい好きな人ともセックスできるよって、僕の好きな人って誰だよ！

他の女とのセックスを応援するってなんだ？

いきなり今日で終わりだとか、それにちょうどよかっただとか。

「わけがわからない！」

僕は我慢できずにハンドルを乱暴に叩いた。

記憶力はいいから彼女の放った一言一句は覚えている。それを何度繰り返し想起《そうき》しても、僕には理解できないのだ。

たいがいのことはなんでも器用にこなせる僕が、理解できない事態に陥《おちい》った時、丸投げできる相手は一人しかいない。

このまま一人で悩んでも埒《らち》が明かないと判断して、僕は巧に電話をした。

あいつもいつだって面倒なことは僕に押し付けてきたんだから、こういう時こそ役立ってもらおう。

あいつは僕からの電話だとわかっているからだろう、なかなか出ない。

電話を切ってはかけてを何度もしつこく繰り返すとようやく出た。

『しつこいぞ、明樹！　俺は今忙しいんだ！』

どうせおまえはいつだって忙しいだろうが。忙しくなくったってそう言うくせに。

「巧、単刀直入に聞く。好きだけど恋愛感情じゃないから安心してってどういう意味だ」

『はあ？　いきなりなんだよ、おまえは……』

巧はぶつぶつ不貞腐《ふてくさ》れたように呟く。

「いいから教えろ！」

『ああ、好きだけど恋愛感情じゃないから安心して、ね……体《てい》のいい断り文句……って、おまえそれ誰に言われた？』

「音々だ。僕のことを好きか？　と聞いたらそう答えられた」

『……それは』

電話の向こうで巧が黙り込む。

「おい！　教えてくれ。僕には意味がわからない」

『それは多分、おまえのことなんかなんとも思っていないっていう意味だ』

「そんなわけあるか！　音々が僕を好きなのは見ていればわかる」

『はあ……わかっているなら聞くなよ』

「どうしてあえてそんな言い方をするか聞きたいんだ！」

巧は『はあああ』と盛大なため息をわざと大声で言語化してきやがった。

僕は思わず耳からスマホを遠ざける。

『そんなの決まっている。おまえが自分のことを好きじゃないと知っているからだ。昔みたいに気持ちを押し付けないでおこうと気遣ったってことだ。成長したな』

しみじみと巧が吐き出した。上から目線で音々を評されて、なんだか腹が立つ。

僕が音々を好きじゃない――と知っている？

僕は三度、頭の中でその台詞《せりふ》を繰り返す。

――『明樹くん、一度も私を好きだったことないでしょう？』

――『あの頃は全然気づいていなかったんだけどね。別れてから……落ち着いて冷静に振り返ってみたら私、全然恋人じゃなかったなって。それに明樹くんには一度も好きって言われなかったし。でもそっか、やっぱりそうだった。はは』

そう言われたのを思い出した。

僕はあの時、驚いてなにも言えなかった。

でも驚いたのは、好きじゃなかったと、指摘されたことじゃない。

あの頃、僕自身が好きとか嫌いとかを意識していなかったことに気づいたからだ。

音々を好きだとか好きじゃないとか考えたことがなかった。

ただ彼女と一緒に過ごす時間は嫌じゃなかったから、面倒じゃなかったから、邪魔じゃなかったから。

ただそれだけで僕と音々は関係を続けてきた。

でもそれは好意を抱くとか抱かないとか、そんなものを超えた次元に音々がいたせいだ。

そう、空気と同じ。

いてもいなくても気づかないけど、あるのが当たり前で、それがなければ生きていけない。

僕にとって音々は昔からそういう存在。

音々のいなかった三年間、僕は死なずに生きてはきたけれど……セックスはできなくなった。

それは男としての生殖本能を失ったのと同じ。

「巧、僕は好きだとか好きじゃないとかわからなかった。恋愛感情がどんなものか知らなかった。だから音々に好きだとかは伝えなかったけれど、僕にとって音々はずっと『特別』だった」

『最初からそう言っただろう?』

ああ、そうだ。

巧は最初からそう言っていた。僕がずっと聞き流していただけで。

だって僕は『特別』がどんな定義かさえ知らなかったのだから。

『でも自覚しなければ言葉は生まれない。言葉は伝えなければ意味がない。おまえにとって梨本音々は、恋愛感情さえ超えた場所にある唯一の存在だ。それをきちんと彼女に伝えて自覚させろ』

「音々に伝えて自覚させる？」

『そうだ。俺は常に伝えてきたし言い聞かせてきた。直接的に好意の言葉を言えなかった分、妹じゃない、妹にはしない、おまえだけが大事だ特別だ、おまえしかいらない、おまえがいなきゃ生きていけない、そういうありとあらゆる言葉を使って真尋に自覚させてきた。恋愛感情がわからないなら、わからなくていい。でも、おまえにとって彼女がどういう存在かは、言葉にして伝えて態度にして示さなきゃ、永遠に伝わらない』

巧はむしろ言葉でも態度でも、あからさますぎたけどな。

僕にとって音々がどんな存在か――

「巧。僕にとって音々は空気だ。なければ僕は生きていけない。僕は音々以外、勃起しない。セックスできない。音々だけをずっと抱きたい。そういうことを言えば伝わるか？」

『……知らねー。でもまあ、あんなぼんやりでも、言えばなにかしら理解するだろう』

どうでもいいことがありありとわかる口調で、巧は適当に答えた。

本当に、音々の性格をこいつのほうが把握《はあく》しているような気がしてむかつく。

「でも、スマホの電源が切られた。高遠家のお屋敷に閉じこもられたら僕には手出しできない」

『だから言っただろうが！　高遠さんを敵に回すなって！　いいか、すぐに行動に移せ。先延ばしにすると本気で永遠に失うぞ。俺も知らなかったけれど、高遠家のお屋敷に勤めているっていうのは――』

そうして僕は巧から、思いもしなかった情報を仕入れた。そして驚く間もなくすぐさま行動に移すことにした。

＊　＊　＊

「それではありがとうございました」

「お先に失礼します」

「お疲れさまでした」

私は、帰りの挨拶をするサロンの生徒さんたちがお屋敷を出ていくのを見送った。

今日のサロン内容は着物の着付け。

着物と履物を持参している生徒さんは、着物姿で帰ることも可能だ。

せっかく綺麗に着付けられたんだもの。こうして実際外を出歩くことで、着物のお出かけにも慣れていけたらいい。

最初はドキドキするんだよね。

歩いているうちに、着物が乱れないかとか、帯が落ちてこないかとか、襟元が崩れないかとか。

でも着物に着慣れた人にしかそんな小さなことには気づかないものだ。

私は生徒さんたちを見送ると、着付けに使用した和室に戻った。鏡や衣裳敷などを片付ける。

サロンの講師は清さんで、私はアシスタントとしてサポートしている。碧さんや結愛ちゃんと分担しながらだけど。よって必然的に私のスキルも向上しているのだ。

今日は上級クラスだから、着付けにも慣れてきた生徒さんばかりだった。だから私も生徒さんと一緒に、何度も着物を着たり脱いだりしながら着付けのポイントを伝えた。

祖母が着物好きだったおかげで、私も昔から着物の着付けだけはできた。

サロンの手伝いを開始する前に、清さんに着付けのチェックをしてもらったけれど、茶道も華道もダメだしされたのに着付けだけは太鼓判《たいこばん》を押してもらえた。

私の着付けは祖母直伝。

でも着付けの方法っていろいろあるのだと、お屋敷に来て初めて知った。

清さんは——

『着物はただの衣服です。本来は着ることができればどんな方法でも構いません。ですが、着崩れないために、着心地よくするために、着姿が美しくなるためにはコツがあります。そのコツをここではお伝えしていきますね』

と最初に伝える。

それで着物のルールやマナーに怯えていた人たちの緊張が少し緩む。

私もその言葉には賛成。

祖母も似たようなことを言っていた。

着物は所詮《しょせん》衣服よ、洋装と同じように肩の力を抜いて楽しんでほしいわ、と。

いつのまにか日本人にとって着物が、特別な時にのみ着るものになってしまったのが残念だと。

私は片付けをしながら鏡の中の自分を見た。

さすがにもう目の腫《は》れは引いている。

あれから一週間以上経った。私は明樹くんと連絡をとっていない。もちろん会ってもいない。

明樹くんに『君は今でも僕のことが好きなのか？』と聞かれた瞬間、もうダメだなあと思った。

だって私は明樹くんが好きだ。

これ以上一緒にいたら、好きが勝手に漏れ出して、きっと明樹くんに迷惑をかけてしまう。

それに、高遠さんに警戒され続けるのも困る。

私は借金返済をまだ終えていない。お屋敷を出るわけにはいかない。

そうなると明樹くんとお別れするしかない。

ちょうどいいタイミングで明樹くんの治療も終わったし、駅で見かけた綺麗な女性の件もあったし、ここが潮時《しおどき》だったんだろう。

私は翌日、新田さんに電源を切ったままのスマホを渡した。

泣き腫《は》らして、ものすごいことになっている私の顔を見て、彼はすぐに事態を把握《はあく》したようだった。清さんや碧さんたちからも、もう一日休みなさいと命じられたぐらいだし。

合鍵も返したので、私と明樹くんを繋ぐのはこのスマホだけ。

ここから連絡先を消去して、私が会いに行かなければ、明樹くんとの接点は皆無《かいむ》になる。

だから、関係が終わった証拠を示すためにも新田さんに、スマホの連絡先の消去をお願いしたのだ。

彼には『着信も大量だし、メッセージも大量だけど、本当に中身を確認せずに消去していいのか？』と戸惑い露《あら》わに聞かれたけれど、正直後ろ髪引かれそうになったけれど、私は頷いた。

これで新田さんから高遠さんには報告がいくだろう。

これで少しは安心してくれるといいけど。ついでに私への疑いが晴れるといいけど。

「梨本さん、いる？　もう入って構わない？」

「はい、大丈夫ですよ」

片付けを終えたタイミングで新田さんから呼びかけられた。

彼は昨日からお屋敷に泊まり込みで、部下に指示を出しながら屋敷中にいろいろな機械を設置している。

もう本当に『え？　そんなところにまで設置していたんですか？』とこちらが驚くようなところにまで。

着付けサロンが終わったので、ここにもこれから設置するんだろう。

本当にセキュリティのためなのかな？

監視のためじゃないかな？

監視対象って、私じゃなくて結愛ちゃんだよね、多分。……高遠さん、やっぱり怖い。

新田さんは分厚い資料と封筒を手にして入ってくると、私の姿を見るなり固まった。

「新田さん？」

「梨本さん？　着物……」

「そうですよ、今日は着付けだったので。ちなみに今日は一日この格好です」

そう、着物を着るサロンの日は、茶道とか華道でもそのまま着物で過ごすよう言われているのだ。そうしてたまに清さんに、歩き方や所作をチェックされる。

うん、うん。

着物は私みたいなちんちくりんの人には似合うものだからねー。いつもより数割ぐらいは（着物の華やかさも手伝ってくれるから）マシに見えるはず。

「似合うね」

「ありがとうございます」

「髪、アップしているのもかわいい」

「……ありがとうございます」

「本当にかわいいな」

「…………あの」

一言告げるごとに、新田さんが近づいてきて私は慌てた。

だいたい、このお屋敷には滅多《めった》に若い男性はいないのだ（今は人の出入りが増えているはずなのに、それでも若いのは新田さんぐらい）。

ついでに私に対してかわいいと言ってくれる人もあまりいない、というより言われ慣れていない！

それに硬派な新田さんからそういう台詞《せりふ》がぽんぽん出るのも意外すぎる。

着物マジック万歳《ばんざい》！

「もう少ししたらここの作業を始めさせてもらう」

「はい。なにかお手伝いがあればおっしゃってくださいね」

「ああ、ありがとう。それからこれ」

新田さんが手にしていた白い封筒を渡してきた。

中身を見て、と促《うなが》されて私は封筒を受け取り、中身を取り出す。

厚めの台紙が出てきて開くと、そこにはスーツ姿の新田さんの写真があった。

え？

確かにものすごくカッコいいけど、いや、別に実物も写真と同じぐらいカッコいいけど、これお見合い写真じゃないの？

案の定、釣り書きらしきものも出てきた。

だってこれ、大学に入ると同時に祖父に見せられまくったものと同じやつ……

「ええと、どなたに渡せばいいですか？　あ、もしかして今日の生徒さん！」

ああ、そうだ。

このサロンの生徒さんはきちんと調査されたうえで、最終的には清さんが入会判断をしているから、将来有望なお嫁さん候補が何人かいる。

「どなたかなあ……」

「これは君に」

「え？」

「立花さんとの関係は終わったんだろう？　だから正式に申し込みをしようと思って」

「はい？」

「君が応じてくれれば、しばらくこのお屋敷で過ごす予定になっている。ゆっくり時間をかけてお互いを知って、そのうえで将来的には結婚を視野に」

「待って、待って、待って、待ってください！」

いきなり、いきなりなんなのだ！

どこがどうなってこうなったんだ！

このお見合い写真は私宛？　正式な申し込みとか……挙句の果てに、け、け、け――とかっ。

だいたい、昔の私にならいざ知らず、借金返済中の私にどうして見合い話が持ち込まれるの？

「君は現在、このお屋敷において唯一の独身女性だ」

新田さんは、またもや私の思考を読んだようだ。

はあ、まあそうですけどね。

私以外にもたまーになんらかの事情で働く人はいるけれど、その方たちはすぐに出ていってしまう。

三年もいるのは私ぐらいだろう。だからなに？

「君は――お屋敷勤めが長いのになにも知らないんだな」

「なにを知っていなきゃいけないんですかね？」

お屋敷のことばかりか、私はどちらかといえば世間の常識にも疎《うと》いんですけど。

「高遠家のお屋敷で働く使用人は祖父の時代は憧れの対象だった。様々な事情を抱えて、このお屋敷で働くことになった女性は、ここでいろいろな教養を身に着ける。そのうえ最終的には高遠家の庇護《ひご》を得ることになる」

聞いたことはある。

昔、ここのお屋敷の持ち主だった大奥様が、お屋敷での仕事を世話することで、困窮《こんきゅう》している人たちを救ってきた話は。

けれどそれは昔の話で、今はこのお屋敷には必要最小限の人しかいない。

その代わり、清さんがサロンを開催し始めて、また流れが少し変わった。

使用人ではなく、お屋敷のサロンに通うことができれば、それが一種のステータスになるのだと。

だから祖母だってサロンに通うよう私に勧めてきたのだ。

「それは、昔の話ですよ。今はサロンの生徒さんがそういう対象だと思います。それに高遠家の庇《ひ》護《ご》なんて……」

高遠家の庇護《ひご》？

そりゃあ、気にかけてもらっていますよ。だからって庇護《ひご》なんて与える？

お屋敷を出ちゃえばもう関係ないはずだし、繋がりだってなくなる。それに高遠さんはそこまで甘くないよ。

あの人はただ結愛ちゃん至上主義者なだけだから！

「ええと、高遠家の庇護《ひご》目当てで申し込まれたのでしたら、残念ですが無意味です」

ああ、びっくりした。そういうことね。

新田さんのおじいさまの時代ならありえたかもしれないけど、今はそんなのないから。

「梨本さん、この話は最初、俺の祖父からもたらされた。ちなみに、君には同様の話がいくつか持ち込まれている」

「私、新田さんのおじいさまなんてお会いしたことないです」

「会っている。祖父の名字は新田じゃない。このお屋敷の客人として君にもてなされた」

あ……

そうだ。ここを訪れる方々はＶＩＰばかり。私は粗相《そそう》がないように緊張していたし、とにかくお世話に専念していたから、誰が誰やら覚えていない。

「君にもてなされた客が、息子や孫の嫁にと望んでの申し込みはきていたはずだ」

「し、知りません」

高遠さんはそんなの一言も言わなかった。

碧さんなんか、このお屋敷の唯一の欠点は出会いがないことだとぼやいていたぐらいだ。

「当然、高遠さんが一蹴《いっしゅう》している」

ありがとう！　高遠さん！　私、今初めて、高遠さんが怖くてよかったと思います！

私にくるまえに高遠さんに蹴られた申し出なら、この世に存在しないのと一緒だよ。

だいたいそれって、私のお世話が気に入ったとかそんなんじゃないよ、多分。

まさしく高遠家の庇護《ひご》目当てだと思うよ。

私自身にはそんな価値、ひとっつもないもの。

「俺も最初、祖父から提案された時は断った」

うん、うん。サロンの生徒さんのほうがよっぽどいい子いるから。その判断は正解だよ。

腕を組みたい気分だったけれど、着物なので我慢する。

「高遠家との関わりはすでにあるし、警護対象だった君をそういう目で見るのは憚《はばか》られたからだ」

いつの間にか新田さんがすぐ目の前にいた。

私をじっと見る目に熱がある。

今までは一切感じなかったそれ。異性から向けられる初めての感覚。

あ、違う。

明樹くんからも感じていた。抱き合う時、いつもそんな風に私を見てくれた。

だから私は言葉がなくても、彼のその目を見るたびに安心していた。

あ、れ……？

「今回も君の警護の話があがった時、高遠さんには釘を刺された。余計な思惑や、中途半端な感情なら君には近づいてほしくないと。そんな牽制《けんせい》をされるくらいなら俺は警護を辞退しようと思った。でも俺自身、君への感情がなにか確かめたくなった。だから引き受けた」

なにを……新田さんはなにを言おうとしているんだろう。

これ、多分聞かないほうがいいやつ、聞いちゃダメなやつ。

新田さんが距離を縮めるから、私も同じだけ後ろに下がった。

でも結局壁際まで追いつめられる。

「君を警護対象じゃなく、見合い相手として見るようになって、あの男のせいで一喜一憂《いっきいちゆう》する君を見ていたら気づいた」

「新田さん……待って」

新田さんの両腕が壁について、私は閉じ込められる。

に、逃げ場がないっ。

「祖父のことも高遠家の庇護《ひご》も関係ない。俺は君を――」

私が思わず耳を塞《ふさ》いだのと、襖《ふすま》が開いたのは同時だった。

「音々！」

え？

忘れもしない声が届いて、私はそちらを見る。

なんでここに？

明樹くんは大股で私に近づく。

幸い新田さんが腕をおろしてくれたので、私の体はいつのまにか明樹くんの背中に庇《かば》われた。

「明樹くん？」

「はぁ……危なかった。本当にマジで危なかった」

「君はどうしてここに」

うん、私も同じ台詞《せりふ》を頭の中で言った。

どうして明樹くんがお屋敷内にいるの？　それこそ、ここは許可がないと入れないんだよ。

「悪い。新田、タイムオーバーだ」

「音々さんっ、よかった。間に合って」

え？　え？　え？

高遠さんと結愛ちゃん……帰ってくるのはもう少し先じゃなかった？

「梨本さん！」

「音々はダメだよ」

新田さんが私の名前を呼んで、掴もうと腕を伸ばしてきた。明樹くんがそれを阻《はば》む。

私も咄嗟《とっさ》に明樹くんの背中にしがみついた。

明樹くん、明樹くん、明樹くんだ。

明樹くんがいるよぉ。

「ごめん、音々。少し時間がかかった。音々、聞いて」

明樹くんは私に向き合うと、両頬を包んで顔をあげさせる。

そして幼子に言い聞かせるように目線を合わせた。

「音々。僕にとって君は空気みたいなものだ。そこにあるのがあたりまえで、あってもなくても気にならないのに、実際にはないと生きていけない。音々、僕は君がいないと生きていけないんだ。それに僕は多分、君としかセックスできない、君にしか勃起しない。僕の子どもを産めるのはこの世の中で君だけだ。だから音々、僕の子どもを産んでほしい。結婚しよう」

「立花くん……もう少しオブラートに包んだ言い方をしてくれないか」

高遠さんがダメだしする。

ついでに結愛ちゃんは高遠さんに耳を塞《ふさ》がれているけれど、その頬は真っ赤だ。

ちなみに私は、明樹くんの言葉の意味が頭の中によく入ってこなくて首をかしげていた。

「彼女には、はっきり言わないと伝わらないので」

「ああ、そうだね。いまだに肝心な言葉を言えていないから、梨本さんには伝わっていないようだ」

ええと、私は空気みたいなもの。うん、存在感が薄いって意味かな？

そんで私にしか勃起しない。まあ今のところ他の女性とできていないなら、そういうことになる。だから仕方なく、私しか明樹くんの子どもは産めないことになるし、子どもを産むなら結婚という形態が望ましい。

うん、ここまでは理解できた。

「すみません。そのようです」

新田さんはなぜか頭を抱えて畳《たたみ》に座り込んだ。

「音々、いろいろなところに目線をやらなくていいから、僕を見て」

顔は固定されているから動かさなかったのに、目が動いたことを指摘されてしまった。

「僕は音々が好きだ」

ボクハネネガスキ――

ん？　好きなのは私だよ。

「音々、好きだよ。君も僕のことが好きだろう？」

頷いた。

それで、咄嗟《とっさ》に首を横に振って否定した。

あ、危ないっ、今誘導尋問しなかった？

でも明樹くんが泣きそうに目を細める。

だって私の『好き』は身勝手なものだった。一人よがりのものだった。

明樹くんには私の気持ちなんてどうでもよかったはずだ。

私はもう、自分の『好き』って気持ちを明樹くんに無理やり押しつけたくないんだよ。

「押しつけていいんだ、音々。僕は君の『好き』って気持ちが欲しい。僕を『好き』って言って」

心の中で言っているはずなのに、なぜか明樹くんには伝わっていた。

好きだよ。私は明樹くんが大好きだよ。

だから泣かないでよ。明樹くん……明樹くん。

涙は出ていないのに、なんだか泣きそうな明樹くんを見ていられない。

「……き。明樹くん大好き。明樹くんのためなら私……自分の『好き』だって、消してみせるよ」

「音々、消すな。君は僕を一生好きでいていい。僕も君を一生好きでいる」

「いいの？」

「ああ」

「好きでいいの？　恋愛感情の『好き』だよ。明樹くん困らない？」

「困らないよ。音々、好きだよ」

私が泣きながら明樹くんにしがみつくと、明樹くんも強く抱きしめてくれた。

私はただ壊れた人形みたいにずっと明樹くんに『好き。好き』と言い続けた。

明樹くんも言い聞かせるように、私の耳元で同じように囁《ささや》いてくれた。

＊＊＊

僕が巧から聞かされたのは、高遠家の歴史だった。

高遠家の大奥様が暮らしていた頃、お屋敷には多くの使用人がいたらしい。当時、社交サロンとして有名だったお屋敷には、上流階級の客人がひっきりなしに訪れていた。

お屋敷の使用人は教養と品格を身につけており（没落者が多かったため元は由緒正しい家柄の人もいた）、客人にとっては憧れの対象だった。

なにより高遠家が後見人となる。

高遠家との繋がりもできるとあって、お屋敷の使用人には見合い話が持ち込まれ、そこでいくつかの恋が生まれたとか生まれなかったとか。

そういう昔の状況を知っている年配者にとって、音々は久しぶりにお屋敷にやってきた使用人だった。

それも独身。

お屋敷の管理が高遠駿に移ってからは、なかなか縁をもてずにいた輩《やから》にとって、音々は格好のターゲットだったのだ。

巧にその話を聞いた時、音々は鯛《たい》を釣るためのエビでしかないじゃないかと思った。

彼女がいいように利用されるのは目に見えている。

それは高遠家も一緒だ。

高遠家に借金のある音々が主《あるじ》に逆らえるわけがない。

高遠家に有利な相手との政略結婚だって強要可能だ。

なにより音々は……そういうのに流されてしまうタイプ。

『音々を利用するなんて許せない！』と巧につい怒鳴れば、『高遠さんの思惑はともかく、結愛ちゃんがそんなことはさせないだろう。だが、高遠さんは、結愛ちゃんにもおそらく当の本人にも気づかせることなく誘導できる。少しでもおまえの対応が後手にまわれば、他の男にあっという間にさらわれると思う』と脅《おど》してきた。

僕がまずやったのは、高遠駿に直接、音々への求婚を申し込むことだった。

連絡手段を失い、お屋敷内に閉じこもられたら、音々に直接コンタクトをとることは叶わない。

本当ならば、音々と僕との間の会話の噛み合わなさを整理して、気持ちを伝えてというプロセスを踏みたかったけれど、そんな余裕はないと判断した。

僕は巧から、高遠家に申し込みをする場合に必要な書類を聞き出して（本音を言えばどうしてここまでしなければならないんだと思ったけれど、そういう手間をかけられるかどうかもチェックするらしい）ありとあらゆるものを用意した。

戸籍謄本《とうほん》から始まり、履歴書、各種成績証明書、健康診断の結果、資産状況――そしてついでに僕が勃起不全だったという診断書まで。

タイミングよく巧が海外で彼と会う予定になっているというので、ここぞとばかりに書類を渡し、コンタクトをとれるように頼んだのだ。

そして僕は高遠氏とのオンライン面談に臨んだ。

就職面接でも緊張しなかったのに、僕は初めて吐きそうな気分を味わった。

開口一番、彼は言ったからだ。

『僕は君とコンタクトを取る気は一切なかった』と。

音々が泣いて屋敷に戻ってきた時点で、すでにアウトだったらしい。

確かに彼には言われていた。

音々が嫌がらない限りは見守ると。

それは裏を返せば、音々が拒めば二度と許さないという意味だった。

そして僕がいろいろ言い訳を並べる前に、彼は説明をはじめた。

まず、コンタクトを取ると決めたのは、妻が泣いて頼んだからだということ。これが最後で構わないからチャンスを与えてほしいと言ったからだと。

彼女が高遠氏に同行していたのは幸いだったようだ。

ここ一年、音々には各所から見合いの申し出があり、吟味《ぎんみ》している最中だった。借金返済はもう少しで終わり、音々にこの先の希望を問うていたこと。

彼女の希望を優先しながら、恋愛に対して前向きになりつつあれば、出会いの場を準備するつもりだったこと。

その矢先に僕と再会した。

『君と彼女が復縁したのであれば、それでいいと思っていたんだ。でも事態はそう単純じゃなかった。両手首に拘束の痕《あと》があったせいだ。あれで僕は君を疑わざるを得なくなった。そして調べていけば、君が彼女とどういう交際をしていたか知った。わかるね。苦学生で好青年、医師としても評判のいい君に別の一面があると気づけば、君への印象は一気に覆《くつがえ》る。だから僕は予定を前倒しにすることにしたんだ』

淡々とした彼の説明を聞きながら、僕はなにもかもを彼に把握《はあく》されていたのだと思った。

音々との逢瀬《おうせ》を許されていたんじゃない、泳がされていたんだ。

僕が送った書類など、彼にはすでに見知ったものばかりだっただろう。

『そしてついこの間、報告をもらった。君には梨本さん以外に親しい女性がいるようだね。腰に腕を回して親しそうに駅へ歩く様子を梨本さんも目撃したようだ。彼女はショックを受けて泣いたそうだよ。見かねた新田が、僕が君を警戒していること、君と別れるか、お屋敷を出るかどちらかを選ぶように彼女に伝えたそうだ。新田は、君と彼女は別れたほうがいいと判断したんだろう。そして彼女は翌日泣き腫《は》らした目で、君との関係が終わったことを報告にきた。君と彼女の関係は破綻《はたん》したんだ』

「待って。待ってください。僕には音々以外に親しい女性なんていない！」

次々と予想だにしないことを告げられて、僕は混乱する。

高遠氏は不思議そうに、少し面白そうに片眉をあげる。

それで僕は思い出した。

研修会の帰りに酔った女性医師を駅まで送った時のことを。

あの夜、僕が帰った時、音々はまだ車の中だった。今から向かうというメッセージに気づくのは遅くなったけれど、送ってきた時間からして、もうすでに家にいると思っていたのに車にいたから驚いたんだ。

そのうえ、『新田』という男がそばにいて。

――『明樹くんが好きな人と、他の女の人と最後までできるように――応援する』

ああ、だからあの台詞《せりふ》だったのか？

音々は、僕と女性医師が歩いているところを目撃した。だから僕に他に好きな女がいると思った。

そのうえ、別れるか、お屋敷を出るかの決断を迫られていた？

――『ちょうどよかった』

あの夜、僕は音々と最後までセックスをした。だから、彼女は他の女ともできると、自分の役目は終わったと判断した。

『僕のことを好きか』と聞いたから、音々は『好きだけど恋愛感情じゃない』と言った。

僕に他に好きな女がいると誤解していれば、あの聞き方は『好かれたら困るから確認させて』というニュアンスを帯《お》びてしまう。

あの夜の音々を思い出す。

僕に好きな女がいると思い込んでいたなら、どんな気持ちで僕を最後まで受け入れたのか。

次の日のはしゃいでいた海での彼女も。

僕と初めてのことをしたいのだと牛丼屋で食事をして笑っていたけれど、本当は――――!!

僕は本当に音々を見ていなかった。自分のことしか考えていなかった。

付き合い始めた、あの日からずっと――

『新田には彼女との接触を許可した。もう君の出る幕はない』

チャンスどころか最後通告のためにコンタクトをとっただけじゃないかと、僕は慌てた。

やっぱりあの男は、警護担当とほざきながら音々を狙っていた。

「高遠さん、待ってください!!」

『駿くん、待ってあげて』

僕の叫びに重なるように、かわいらしい声が届く。

『結愛、画面に映るからこっちにきちゃだめだよ』

うってかわった甘ったるい声がしたかと思えば、高遠氏も画面から消える。

『でも、駿くん。音々さんの気持ちが一番大事なんだよ』

『新田は彼女を本気で想っている。家柄も問題ないし、男としても人としても信頼できる。結愛だって賛成していただろう?』

『うん、新田さんは信頼できるよ。でもそれでも音々さんは、ずっと立花さんに別れ話をしたこと後悔していた。あんなことがなければ、もしかしたらずっと二人は』

『結愛、泣かないで。わかった、わかったから。梨本さんの気持ちを優先する』

『ありがとう。駿くん』

なにやらいいちゃいちゃしている雰囲気があったけれど、しばらくすると高遠氏は何事もなかったように画面の中に戻ってきた。

そして、僕に音々に会う最後のチャンスをくれたのだ。

今日、この日を指定して。

高遠氏が、自分の監督のもとでないと会わせないと、そこだけは譲らなかったので、彼の帰国のタイミングに従って来たけれど、今まさに音々が他の男に篭絡《ろうらく》されかかっていた現場に突入して、本当に間一髪だったと思った。

――『あの人を敵にまわすのは得策じゃない』という巧の台詞《せりふ》を実感させられている。

「高遠さん……これはどういうことか説明をお願いできますか？　私は彼に対する報告書をあげていたはずです」

音々を車で送ってきた警護担当だと自己紹介した男、新田が落ち着きを取り戻して高遠氏につめよる。

「ああ、僕も正直――思うところはいろいろとあるんだけど、僕の最優先は結愛だから」

「私は、音々さんが選んだ人を応援するって決めています。だから、新田さんごめんなさい」

僕の腕の中でぐずぐずしている音々を見て、彼女はそう言った。

可憐でおとなしそうな若奥様に見えるけれど芯はしっかりしているようだ。

音々のほうが年下に見える。

「新田。僕のほうから後で事情は説明する、すまなかった。結愛？　結愛！」

ふらりと彼女の体が倒れかけて、高遠氏がすぐさま支える。

音々が「結愛ちゃん！」と叫んだ。

「結愛、結愛！」

「大丈夫、駿くん……ちょっと気持ち悪いだけ」

「きゅ、救急車！　明樹くん、救急車」

「救急車呼ぶより、車で行ったほうが早い。新田！」

僕は高遠氏に触る許可を得たうえで、彼女の様子を見る。青褪《あおざ》めてはいるものの、意識ははっきりしている。

「お屋敷について急に走ったせいかな？　ふふ立花さんが慌てるから私もつい追いかけちゃったし」

「結愛、病院へ連れて行く」

「僕も付き添います」

そして僕と音々の告白劇は幕を閉じた。

＊　＊　＊

「ふふ、ふふ」

「音々ちゃん、気持ち悪いわよ」

「ふふ、でも碧さんこそー、顔が緩んでいますよ」

「斉藤さんや清さんほどじゃないわ」

あの日、結愛ちゃんは病院に行って、そしてなんとおめでたが判明しました！

万歳《ばんざい》、ばんざい、バンザーイ！

結愛ちゃんは生理が遅れていたのには気づいていたらしいけど、高遠さんについて海外に行っちゃったから、環境が変わったせいだろうと思っていたみたい。

お屋敷で、高遠さんと結愛ちゃんを幼い頃からずっと見守っていた斉藤さんと清さんの二人はとくに感慨深いようで、いつも厳しく冷静な清さんが静かに涙を流す姿は、今思い出してももらい泣きするレベル。

ただし高遠さんは別だ。

今までも、ちょっとアレだなあと思っていたけど、もう本当にダメダメになった。

病気じゃないと判明したので、結愛ちゃんはすぐにお屋敷に戻ってきた。

でも高遠さんが仕事に行かなくなってしまったのだ。

どうも彼は『僕も産休をとる』と言い張っているらしい。

『育休』ならわかるけど『産休』。それも妊娠判明直後からなんて、それは無理でしょう。

高遠さんいわく『安定期まではなにが起きるかわからなくて不安な時期だから、仕事が手につかない。安定期には胎動がはじまるし胎教も必要だから、夫として関わるのは重要。臨月は女性の体が一番動きづらくなる。足の爪さえ自分で切れない、起き上がるのも厳しい妻を一人になんてできない。よって僕は産休をとる』ということだ。

まあ、でも高遠さんには経営トップ陣として、そういう改革は頑張ってほしいな。

きっとそうすれば、世の少子化だって少しは歯止めがかかるかも。

トイレ掃除を終えて出てくると、ちょうど部屋からスーツケースを引いてやってきた新田さんと遭遇した。

彼は無事に屋敷内のセキュリティチェックを完了させた。お屋敷滞在も今日までだ。

「お疲れ様、梨本さん」

「お疲れ様です、新田さん。もうお帰りですか？」

「ああ、このまま一度会社に戻って、それから帰宅だな」

あの日の騒動後、新田さんは適度な距離で私と接してくれた。

そういう紳士的な対応をしてくれるのは、やっぱり大人だなあと思う。

高遠さんからなにをどう説明されたのかは知らないけれど、一応私と明樹くんの関係を認めることにしたらしい。

ちなみに、私に興味を持ったという彼のおじいさまは、やはりとんでもない方だった。高遠家とも古くから誼《よしみ》があり、私の境遇も知っていて気になっていたらしい。

そこで何人かいる年頃の孫たちに声をかけて、新田さんに白羽の矢が立った。もしくは人身御供《ひとみごくう》になった。

それに、新田さんは――高遠さんが結愛ちゃんの警護を頼める、唯一の若手でもある。つまり高遠さんに信頼されている人なのだ。

もし私が明樹くんに再会しなかったら――私と彼はともに高遠夫妻を支える存在になったかもしれない。

だって、とても素敵な人だから。

「あの、いろいろご心配ご迷惑をおかけしました」

私は改めて頭を下げて謝罪した。

「君は悪くない、と言いたいところだけど、君の男の趣味が悪いせいだから、君のせいだな」

ええー、明樹くんって結構優良株だと思うけど。周囲の評判はいいはずだよ。

「あいつのこと、いつから好きだった？」

「えーと、高校一年の時に初めて会ったので、そこからですね。一目惚れだったので」

「高校一年……そして高校三年から大学四年の途中まで付き合って、三年空いたのにまだ好きだったんだ」

はあ、そうなりますね。しつこいですね、私。

うん、でも好きだった。初めて会った時から、なぜか知らないけれどずっと好きだった。

相手にされなくても、放っておかれても、興味がなさそうでも、それでも私は明樹くんが拒まない限り追いかけた。

「でも両思いは今回が初めてなんですよ！」

「それはそれで問題だから」

即座に新田さんが、同情丸出しの視線とともにつっこんだ。

うーん、そうかなあ。嬉しいけどな、両思い。

いや、昔も両思いだと思い込んでいたけど……今はもう思い込みじゃないから、たぶん。

もしかしたら昔も……

だって明樹くんが私を見る時、私の名前を呼ぶ時、私に触れる時――いつだって、私は彼なりの熱を感じていた。

「長い初恋だな」

「永遠の初恋って言ってください」

「それ刷り込みだろう？　いや、君の場合、調教されているって感じだけど」

新田さんの言葉がだんだんひどくなってくる。

でも、苦笑しながらも目はとても優しいから私もほほ笑んだ。

ありがとう。こんな私に興味を持ってくれて。

ありがとう。私を心配してくれて。

ありがとう。将来まで考えてくれて。

新田さんの手が伸びて私の頭に触れた。私は驚いて咄嗟《とっさ》に後ろに飛びのく。

「あ、悪い」

「あ、いえ」

新田さんは自分の手を見て戸惑っていたから、どうやら無意識だったようだ。

私は逆に、明樹くんの手じゃない、と思っちゃった。

明樹くんは私以外とはセックスできないと言った。

私もきっと明樹くん以外の男性には触れられたくない。

私たちにはお互いしかいない。

高遠さんに結愛ちゃんしかいないみたいに。

巧さまが真尋ちゃんを求めるみたいに。

明樹くんと私も——

「じゃあ、また」

「はい」

新田さんとはまた会うだろうか。私がお屋敷に勤めている限りは、また会えるかもしれない。結愛ちゃんが妊娠した今、警護はさらに厳重になるはずだから。

でも未来はいつだって予想通りにはいかない。思った通りには進まない。

特に私の場合は。

これからもきっと流れ流されて、ドミノ倒しみたいにどっちへ倒れるかわからないような先の見えない人生だろうけれど、私はいつだって明樹くんに向かっていく。

私は明樹くんのいる場所に流れていく。

それはきっと悪くない選択だと思うんだ。

＊　＊　＊

私の選択は、決して間違っていないよね？

私は無理やり自分にそう言い聞かせる。

「音々、指輪はどれがいい？　音々の好きなのを選んで」

「あ……うん」

明樹くんのお休みがとれた今日、私は彼とともにおでかけしていた。

行き先は高遠家御用達《ごようたし》の高級宝飾店。

明樹くんと両思いになって、それからなぜかすぐさま婚約まで話が進んだ。

いや、むしろ婚約で止まるように必死で説得した。

明樹くんは、私への求婚許可を高遠さんに得るにあたって（そもそもその前提がおかしいんだけど）、婚姻届とそれに必要な書類一式をすでに揃えていた。

明樹くんのところが記入済みなうえに、証人欄には高遠さんと巧さまという怖い名前まで並んでいた。その用紙を目の前に置かれて、私は明樹くんに記入を迫られたのだ。

（あれは、怖かった。借用書なみにサインするのに気をつけないといけない書類だった）

あまりの展開の早さに、もう少し段階を踏んでほしいのだと、せめて父がマグロ漁船から戻ってきて、きちんと結婚の挨拶をしてからでないと、婚姻届の提出はしたくないとお願いした。

その条件を呑む代わりに、なぜかとある要求をされ、私は背に腹は代えられなくてそれに頷いた。

それが今日のデートに着物を着てくるようにというお願い。

でも、でも、でも！

行き先がここだと知っていたら、こんな要求、断固として呑まなかったよ!!

明樹くんは私の手をとって、もう見たくないゼロいっぱいの数字の指輪を次々にはめて確かめている。

「音々は手が小さいからな。あまり大きいと仰々《ぎょうぎょう》しいな」

「うん、小さいのでお願いします。それでお手頃価格なもので」

私は、こそこそっと小さく耳打ちした。

昔の私だったら気にならないゼロの桁数だけど、今はそれを稼ぐためにどれだけ働かなければならないか知っている。

それに研修医ってまだお給料そんなに高くないはずだよね？

っていうか、なんでよりによって高遠家御用達《ごようたし》!?　ここ最低価格帯でも桁の違うお店じゃない！

こんなの宝石箱で鎮座《ちんざ》して終わるよ。

それに、それにっ！

「はるくん、もぉ、やだ」

「音々、かわいい」

ねえ、スタッフさんが気を利かせてこの場から離れているからって、キスしてこないで。

「じゃあ、もう少し検討する？」

「うん、うん！」

「わかった」

明樹くんはスタッフの人に、もう少し検討させてくださいと挨拶をして私たちはそこを出た。

「明樹くん、お願い。もう取りたい」

「でも、今夜は食事の予約もしている。綺麗な着物姿の音々を連れておいしいもの食べるつもりだったんだけど」

「いい。もぉ、いい」

だって、もう歩くのもきつい。

帯が苦しいからじゃない。草履《ぞうり》がきついわけでもない。

自分で着付けているから、楽な着方はわかっている。着物は問題じゃない！

「じゃあ、ホテルで少し休んでからにしようか」

「うん、うん」

私は明樹くんに支えられて、チェックインの時間ちょうどにホテルの部屋に入った。

着物を着る時、私はブラジャーをしない。

和装ブラをする人もいるけど、祖母から余計なもので体を締め付けないほうがいいし、ブラのせいで着崩れもするからと教えられて以来、直接肌襦袢《はだじゅばん》を身に纏《まと》う。

ついでに胸まわりの補正もしない。胸が大きすぎる場合はさすがに押さえたほうがいいけれど私程度は大丈夫。補正しなくても、着方次第でふんわり着付けられるからだ。だから補正は腰の窪《くぼ》みの部分だけ。

でもパンツは穿く。いつもなら穿く。

それなのに明樹くんの出したもうひとつの条件は『パンツは穿かないで』だった。

これが洋装だったら、私は強固に拒んだだろう。

でも着物だ。裾除《すそよ》け、長襦袢《ながじゅばん》、そして着物をどどんと重ねる。

いや、もちろん本当は嫌だったよ。でもまだ耐えられると思った。

それなのに、迎えに来てくれた車の中で『僕の言う通りにしているか確認させてね』と言って着物の裾《すそ》から手を入れると、キスをしながら私を朦朧《もうろう》とさせ、その隙に『音々の大好きなのプレゼントしてあげる』とか甘い声で囁《ささや》きながらイれてきたのだ！

ローターを！

私は常々、ちょっと明樹くんの行為は世間様とずれているのではないだろうかと感じてはいた。

でも明樹くんに疑問を投げかけると『誰もそんなこと堂々と口にはしなくても、みんなやっているんだよ。常識だよ』と言われたので、まあそうなのかなと思っていたのだ。

でも、やっぱりちょっと違う気がする!!

明樹くんは、それはそれは楽しそうに、スイッチを入れたり切ったりして私の反応を楽しんでいた。

そして本当に、甘く優しく愛しそうに私を見つめるから、私も強く拒否できない。

宝飾店ではさすがにスイッチを切っていたけれど、その前に散々軽くイかされていたせいで、私はもうどこを触られても、それこそ手の甲とか指先に触れられただけでも反応するぐらいの状態だったのだ。

なにより脚に蜜が垂れて……裾除《すそよ》けでギリギリなんとかなっているけど、もう長襦袢《ながじゅばん》とか着物とか、お手入れに——出せるんだろうか。

ホテルの部屋に入って私がベッドに倒れこむと、明樹くんはいきなりスイッチを最大限にした。

熟していた中心に強烈な刺激が襲ってきて、私は体を震わせる。

「あっ……ああっ！」

明樹くんは私の脚から草履《ぞうり》をとった。

「音々、イったの？」

「だって、だって明樹くんがっ」

「小さなおもちゃだけでイっちゃうんだね、音々はいやらしいな」

明樹くんはうっとりとした笑みを浮かべて言うと、私の唇をゆっくりとなぞった。そしてアップにまとめていた髪を解く。

「音々は着物姿が似合う。あの男に見られたのは本当に癪《しゃく》だった」

明樹くんは私の体を抱き起こすと、背中から抱きしめた。

振動は弱まったけれどローターのスイッチはいれられたままだ。一定のリズムで震えるそこから、振動音とともに別の音まで聞こえてくる。

明樹くんはおもむろに片手を身八つ口《みやつくち》から差し込んだ。

「あんっ……ひゃっ、はる、くんっ」

「いつも着物の時はブラはしないんだっけ？　あの日もつけていなかったんだろう？　あいつにこうして手を伸ばされていたら、音々のおっぱいはすぐに触られちゃうね」

どうやらあの日のことをずっと根に持っていたようだ。

私が着物姿だったことも、新田さんの両腕に囲まれていたことも、不可抗力なのに!!

片方は身八つ口《みやつくち》、もう片方は着物の上から、明樹くんは感触の違いを確かめるように胸に触る。

「ああ、着物の上からでも乳首が硬くなるのはわかるな……危ないなあ、本当に」

きゅっと硬くなったそこを明樹くんが摘まむ。確かに着物の上からでもなんとなく形がわかった。

「それに脱がさなくても触り放題」

「ひゃっ……んんっ、やんっ」

両手を身八つ口《みやつくち》から差し込むと、明樹くんはゆっくりと揉んだ。確かに触り放題かもしれない。

補正をしていないから余計に。

明樹くんは胸を揉んでは乳首を弾《はじ》く。指先で転がして摘まむ。

体の中心が疼《うず》いて仕方ない。一定の振動は私の体に痺《しび》れを運ぶのに、達するまではいかなくてもどかしい。

明樹くんは揉みながら襟元をぐしゃぐしゃにして、開いていった。窮屈《きゅうくつ》な隙間から胸がこぼれる。そして着物の裾《すそ》を一枚一枚ゆっくりと丁寧に開いていった。上前《うわまえ》と下前《したまえ》、長襦袢《ながじゅばん》も同様に、そして裾除《すそよ》けも。

足袋《たび》を履いただけの両脚が露《あら》わになる。

自分で見てもいやらしい。

その上、帯の下の股間には毛がなくて太腿《ふともも》の間はしとどに濡れている。

「あっ、明樹くんっ、恥ずかしいよぉ」

「これからもっと恥ずかしいことするんだよ、音々。ほら脚を開こうか」

自分のこの姿とローターの振動で、もうギリギリなのに明樹くんはさらに命じてくる。

その言葉だけでイきそうになって脚をつっぱりかけると、明樹くんがそっと膝に触れた。

「音々、だめだよ、まだイっちゃ。ほら手伝ってあげるから脚を開いてごらん。おもちゃを取ってあげる」

私は明樹くんに膝を曲げられながら、なんとか力をいれてゆっくりと脚を広げた。

こぷんっと中から蜜がこぼれる音がする。

「明樹くんっ、取って、お願い！　もぉ、おもちゃ嫌だよ」

「でも気持ちよさそうだよ。ふふ、クリトリスもぷっくりしている。ここも一緒に刺激してあげようか？」

「だめっ、だめっ……はる、くんっ」

「音々のここドロドロ。ああ、中で泡立っているのかな、白くなっている」

明樹くんは私の脚の間に手をいれて、表面だけをそっとなぞった。

「音々、見てごらん。すごくいやらしい色と形だ」

明樹くんは私の腰を少しあげると、その下に枕をいれた。私からも自分のその部分がよく見えて思わず視線をそらす。

毛がないせいで、グロテスクだった。

こんな場所をどうして見たいのか、私にはさっぱりわからない。

「音々、ちゃんと見て。でないとおもちゃはこのままだ。これでまたイきたいの？」

「いやっ、明樹くん……お願い、おもちゃは嫌なの」

「じゃあ、取ってあげるから見ていて。音々のジュクジュクの中から出てくるもの」

明樹くんはそう言うと、私の中に指をいれていく。そして私の脚を押さえ込むようにして自分の脚を絡めてきた。

瞬間、ローターのスイッチが最大になって大きく震える。

「やあっあ！　はる、くんっ……あん、あんんっ、ああっ！」

クリトリスも同時につぶされて、私はがくがくと腰を揺らした。脚を押さえ込まれているせいで快感を逃がせない。中心から連続して大きな波が押し寄せてくるようで、私は嬌声《きょうせい》を上げて達し続けた。

「はるっ……んっ、あん……イく、イっちゃうの。ああっ、また、やんっ壊れちゃう！」

「音々、気持ちいいね」

「あ、いいの、気持ちいいっ……だめっ、ああっ」

明樹くんは中のローターを動かして、私の弱い部分に強く押し当てる。途切れることのない刺激が全身を貫いて、私は胸や腰を卑猥《ひわい》に揺らしながらただ乱れる。

頭の中が真っ白になって全身が快楽だけを求めていた。

中心が熱くて爆発しているようで、なにも考えられない。

「はるっ、はるくんっ、音々、だめ、音々、壊れちゃう」

「音々、壊れちゃえ。大丈夫、僕がずっといるから」

「おもちゃ、やっ、はるくん、はるくんがいいよぉ」

「音々！」

おもちゃが抜かれると同時に、いやらしいものがどっと飛び散る。そして明樹くんがすかさず私の中に入ってくる。

あまりの勢いに、私はあられもない声を上げて一気に飛ばされた。

着物というのは、全身を覆い隠す鎧《よろい》みたいに見えるのに、実際は違う。帯の部分だけは乱れることなくお腹を守っているのに、それ以外は呆気《あっけ》ないほど露《あら》わになる。

僕は昔なにかで見た、春画のように音々の下半身を露出させて、後ろから挿入していた。

華やかな着物に、音々のしっとりとした黒髪が広がり、その合間に白い肌が露出する。全裸よりもよほど卑猥《ひわい》な眺めだ。

着物の裏地の色と白い襦袢《じゅばん》とのコントラストもいい。裾除《すそよ》けとやらはいつのまにか腰の紐が解けてベッドの下に落ちている。

おもちゃで散々嬲《なぶ》られた音々は、もうどんな刺激も快楽として拾うようになっている。

僕が腰の動きを止めれば、音々自身が我慢できずに自ら腰を振る。白くてむっちりとした尻が揺れる様はいやらしいのにかわいい。

「あっ、奥……もっと」

「音々、ここ？」

「ああっ……いい、いいのぉ」

「とんとんしてあげるね。音々の子宮口がキスしてくる」

「んんっ……あんっ、あんんっ」

緩慢《かんまん》な刺激で足りなくなると、ぎゅうっと締め付けてくる。それがたまらなく気持ちいい。

音々に包み込まれている。守られている。そんな気分にさえなって、ずっとここにいたいぐらいだ。

僕は多分、ちょっと性的に歪んでいる部分があるのだと思う。

ただしそれが僕のせいなのか、音々のせいなのかは不明だ。

過度に痛めつけるのは好きじゃないからＳＭ嗜好《しこう》とまではいかない。

ただ、いろいろ試してみたいという好奇心はある。

剃毛《ていもう》にはじまり、手首の拘束、いやらしいランジェリー、おもちゃにノーパン、コスプレに青姦《あおかん》……音々を前にすると、そういう方向に性欲が刺激される。

また、音々が素直に応じるから助長してしまう。

（まあ、だから音々のせいだな）

音々の声のかすれがひどくなって、僕はさすがにここまでかと、最後に激しく腰を振った。音々が、がくがくと震えながら達してくずおれる。

昔も一時期歯止めが利かないことがあった。

さすがにまずいと思って、頭を冷やそうと距離を置いて、そのうちに大学が忙しくなった。

結果、突然の音々からの別れ話だったのだ。

僕はもうほとんど中身が出ていないような気がする避妊具を片付けた。

そして、帯締めを解くと帯揚げを外す。帯枕の紐を緩めれば帯の形が崩れた。

音々の体を支えながら帯を外していく。それから着物を支えていた腰紐を解いた。長襦袢《ながじゅばん》の伊達《だて》締《じ》めを外せば肌襦袢《はだじゅばん》だけになる。

音々は最小限の紐しか使わないので、脱がすのは楽だ。

ホテルには着物を着るからと事前に衣紋《えもん》かけを準備してもらっていた。僕は一応、長襦袢《ながじゅばん》と着物を重ねてかけた。

いろんな意味ですでにボロボロだ。これは多分、手入れに出せるかどうかもわからない。弁償《べんしょう》するしかないだろう。

帯も簡単に畳んで、紐類をまとめると最後に足袋《たび》を脱がした。

生まれたままの姿の音々が無防備にそこにいた。

再び僕の息子が元気になりかける。本当にこいつは音々にだけはすぐに反応する。

結局僕は気持ちより先に、体とか本能とか性欲の部分で音々を即座に求めていたのだろう。

やはりレストランは予約しなくて正解だった。

僕はシーツを剥《は》ぐと、音々とともにベッドに入る。

そしてそっと抱き寄せた。

「音々、好きだよ」

僕は巧に言われたあの日から、音々に対して言葉を惜しむことをやめた。

あいつは言い聞かせろ、と言っていたけど、これはどちらかといえば洗脳だと思う。でもそれで音々が安心して僕に身を委《ゆだ》ねるなら、いくらでもどんな言葉でも言い続けよう。

僕はこれから彼女の体だけでなく心にも、僕を刻み付けていく。

「音々、僕は君がいないと生きていけない。だから君も僕がいなきゃ生きていけないようにしてあげるね」

耳元で囁《ささや》きながら、僕は音々を抱きしめて目を閉じた。

エピローグ

その日、二十六歳になった私、梨本音々は追いつめられていた。

明樹くんの手にあるのはリボンのかかった二つのプレゼント。

「音々、誕生日のプレゼントどっちがいい？　僕は両方選んでもらっても構わないけど、一応誕生日の君に選択肢をあげるよ」

いらない……そんな選択肢、選択肢じゃないし！

「音々に説明してあげる。こっちは緊縛《きんばく》セット。赤い紐ですでに結び目が作られているから、腕や脚を通せばすぐに緊縛《きんばく》できる優れもの。こっちは開発セット。このローションとビーズで少しずつ広げていけば、音々のもうひとつの穴も大活躍の優れもの」

「わ、私、明樹くんと一緒に過ごせるだけで幸せだから、プレゼントはいらないよ」

にっこり笑う明樹くんに、私もにっこり笑って答えた。

私は結局、借金返済を終えたのをきっかけにお屋敷を出た。そして明樹くんのマンションで一緒に暮らし始めた。

結愛ちゃんはぽろぽろ泣いていたけど、私の選択を尊重してくれた。

それに、私は住み込みじゃなくなっただけで、お屋敷勤めは続けるのだ。

明樹くんはなぜか渋っていたけれど、私の決意が固いと知って（というより、高遠さんとなんらかの取引をしたみたいだけど）認めてくれた。

これから結愛ちゃんは出産を迎える。

私はあのお屋敷で彼女を支えながら、高遠ジュニアの誕生を待つのだ！

だから私はなんと、車送迎を卒業して電車でお屋敷に通っている！

成長した、私！

それから、父が一度マグロ漁船から降りてきた時に結婚の挨拶をした。立派なマグロが釣れたみたいで、少しだけ借金返済にもらった。母も体調が戻ってきたようで、『迷惑をかけてごめんね』と謝られた時、私は泣いてしまった。

私だってずっとお金をかけてもらっていたのだ。恩返しできて、むしろよかったと思う。

そして私の誕生日である今日、これから二人で入籍にいく予定なのだ。

その前にもたらされた究極の二者択一。

私の人生はドミノ倒しに似ている。

いかがわしい仕事を回避して、運よくお屋敷に拾われ、借金返済も終えたのに、結局いかがわしい道に進んでいるんだから。

「そう。じゃあ両方使って僕と一緒に過ごそうか」

「その前に入籍にいかないと、ね」

いいのか、私！　本当に明樹くんと結婚していいのか!?

立花明樹。

学業成績優秀で、評判のいいお医者様で、優しく穏やかな好青年。

そして私の初恋の人。

道の先に彼がいるなら、どんな道でも私はそこを選んでいく。

だってそう躾《しつ》けられたんだもの、どうしようもないよね。

だから私は明樹くんに抱きついて、「明樹くんの妻になってからね」と選択を保留した。

タイミングをみはからって、これらをどこかに処分せねばと思いながら。

禁断の義兄妹ラブが
待望のコミカライズ!!
おまえを妹だと思ったことは一度もない
んっ
いっ……
大好評
連載中!
(毎月第3水曜日更新)
禁断溺愛
「俺はそれでもおまえが欲しい――!」
漫画 まるはな郁哉
原作 流月るる
ETERNITY WEBMANGA
エタニティWEB漫画!
無料で読み放題!
他にも人気漫画が多数連載中!!
今すぐアクセス!
エタニティ Web漫画
検索

前CEOを慕っていた専属秘書の凛《りん》。しかし彼は病に倒れ、新しく氷野須王《ひのすおう》がCEOに就任する。須王は美形ながら無表情、かつ仕事に厳しく、気さくな前CEOとは全く違う人物だった。そんな須王を凛は受け入れられず、極力関わらないことを決める。しかしある夜、須王が高熱で倒れたことで、少しずつ距離が縮まって……？

B6判　定価：704円（10%税込）　ISBN 978-4-434-25558-8

この作品に対する皆様のご意見・ご感想をお待ちしております。

おハガキ・お手紙は以下の宛先にお送りください。

【宛先】

〒150-6008 東京都渋谷区恵比寿 4-20-3 恵比寿ｶﾞｰﾃﾞﾝﾌﾟﾚｲｽﾀﾜｰ 8F
（株）アルファポリス　書籍感想係

メールフォームでのご意見・ご感想は右のＱＲコードから、
あるいは以下のワードで検索をかけてください。

アルファポリス　書籍の感想　検索

ご感想はこちらから

初恋調教《はつこいちょうきょう》

流月るる（るづき るる）

2021年 8月 31日初版発行

編集－斉藤麻貴・篠木歩
編集長－倉持真理
発行者－梶本雄介
発行所－株式会社アルファポリス
〒150-6008 東京都渋谷区恵比寿4-20-3恵比寿ｶﾞｰﾃﾞﾝﾌﾟﾚｲｽﾀﾜｰ8F
TEL 03-6277-1601（営業） 03-6277-1602（編集）
URL https://www.alphapolis.co.jp/
発売元－株式会社星雲社（共同出版社・流通責任出版社）
〒112-0005 東京都文京区水道1-3-30
TEL 03-3868-3275
装丁イラスト－森原八鹿
装丁デザイン－ansyyqdesign
印刷－中央精版印刷株式会社

価格はカバーに表示されてあります。

落丁乱丁の場合はアルファポリスまでご連絡ください。

送料は小社負担でお取り替えします。


ISBN978-4-434-29111-1 C0093